O DOCE E O AMARGO

JOÃO GABRIEL PAULSEN

O DOCE E O AMARGO

1ª edição

EDITORA RECORD
RIO DE JANEIRO • SÃO PAULO
2019

CIP-BRASIL. CATALOGAÇÃO NA PUBLICAÇÃO
SINDICATO NACIONAL DOS EDITORES DE LIVROS, RJ

P357d Paulsen, João Gabriel
O doce e o amargo / João Gabriel Paulsen. – 1ª ed. –
Rio de Janeiro: Record, 2019.

ISBN 978-85-01-11772-4

1. Contos brasileiros. I. Título.

CDD: 869.3
19-57812 CDU: 82-34(81)

Vanessa Mafra Xavier Salgado – Bibliotecária – CRB-7/6644

Copyright © João Gabriel Paulsen, 2019

Todos os direitos reservados. Proibida a reprodução, armazenamento ou transmissão de partes deste livro, através de quaisquer meios, sem prévia autorização por escrito.

Texto revisado segundo o novo Acordo Ortográfico da Língua Portuguesa.

Direitos exclusivos desta edição reservados pela
EDITORA RECORD LTDA.
Rua Argentina, 171 – Rio de Janeiro, RJ – 20921-380 – Tel.: (21) 2585-2000.

Impresso no Brasil

ISBN 978-85-01-11772-4

EDITORA AFILIADA

Seja um leitor preferencial Record.
Cadastre-se em www.record.com.br
e receba informações sobre nossos
lançamentos e nossas promoções.

Atendimento e venda direta ao leitor:
sac@record.com.br

"Então, que seja doce. [...] Repito sete vezes para dar sorte: que seja doce que seja doce que seja doce e assim por diante. Mas, se alguém me perguntasse o que deverá ser doce, talvez não saiba responder. Tudo é tão vago como se fosse nada."

Caio Fernando Abreu,
Os dragões não conhecem o paraíso

"Pela primeira vez saboreei a morte. Tinha um gosto amargo. Pois a morte é nascimento, é angústia e medo ante uma renovação aterradora."

Hermann Hesse,
Demian

Sumário

As palavras 9
O ódio ou Pais e filhos 21
A dor 39
A mentira 59
A paixão ou Os dois 81
(Des)amordesespero ou Sonho de uma noite de verão 97
Bicicleta ou Viver para sempre 101
(Des)encontro 111
Uma cinzenta manhã na vida sem graça de um jovem comum 119

[Notas] 141

As palavras

"A noite escura envolve o mundo
Em seu misterioso amplexo
E no escuro do próprio peito imundo
Procura o homem seu reflexo
[...]
Então, um horrível e subterrâneo grito
Parte as entranhas da psíquica terra
Como num estranho e profano rito
O homem consome-se em guerra"

A impressão era de que algo precisava ser dito para o demônio que se erguia misteriosamente diante de mim, e não era dizer qualquer coisa, era dizer algo específico, algo desejado e escolhido, algo de... indizível, em alto e bom som, sem titubear. E não bastava dizer com a boca, pois que os meros sons seriam insuficientes, era necessário dizer com o coração, de toda a alma. Mas tão difícil quanto dizer era divisar o seu corpo, envolto que estava nas sombras incertas de um canto da cela. Suas únicas partes bem visíveis eram os olhos meio amarelados, como que refletindo a quase impotente luz de uma vela que brilhava às minhas costas. Me lançava um olhar inquisitivo e de certa maneira sedutor, como se a acusação implícita em tal olhar não se separasse de um estranho convite para dançar ao sabor das chamas bruxuleantes da vela meio apagada. Que palavras, meu Deus, que palavras haveria eu de lhe dizer? Ele que, com os olhos, me acusava de saber aquilo mesmo que ele sabia que no final das contas não me era agradável saber! E eu que, sabendo não querer saber algo que já sabia, mentia para mim mesmo e pensava ter as palavras prontas para serem ditas, sem saber que, de fato, não haveria palavra no mundo que esgotasse o que era necessário dizer. O demônio ali estava, justa e ironicamente, porque sabia que o que de fato me assustava não era a presença dele, mas a minha própria!

E eu, de pé ao lado da cama forrada de palha seca, começava a sentir ânsias poderosíssimas, uma náusea tremenda se apoderava de meu corpo e me ameaçava explodir. As pernas fraquejavam, ameaçando ceder sob o peso das palavras não ditas e dos segredos calados. O ambiente também não contribuía para o meu bem-estar. A cela em que estávamos encerrados não possuía porta nem janelas, era como estar dentro de uma caixa fechada de três metros de altura, de largura e de profundidade. Chão, paredes e teto constituíam-se de grandes blocos de pedra cinzenta e preta, manchados todos por grandes faixas esverdeadas pelo musgo que proliferava sobre a superfície aparentemente sempre úmida. Era como estar debaixo da terra, próximo a qualquer fonte de água subterrânea. Não me era possível recordar como havia chegado em tão sórdido lugar. No fundo, se é que se pode falar de fundo do fundo, às minhas costas, por sobre um pequeno prato de vidro marrom colocado no chão do lado oposto da cama ao que eu estava, a chama da vela quase no fim tratava de iluminar minha metade do ambiente. A outra metade, onde o demônio estava, permanecia geometricamente na inexplicável penumbra que conferia um ar assustador e ao mesmo tempo melancólico à cena toda. Por que é que a luz não chegava até lá? Acaso também ela se assustava diante da sinceridade mortal exigida pela criatura? Acaso também a luz temia por seus segredos mais íntimos, se é que os tem, por suas confissões mais bem-guardadas e nem para si mesma admitidas? Pois eu temia, e temia com a desrazão de quem não sabe bem do que a vida se trata.

 Era impossível desgrudar o olhar dos olhos profundos à minha frente, imagino que, quando piscavam, os meus olhos piscavam também. A julgar pelos movimentos sutis do invisível corpo do outro ser, até nossa respiração era sincronizada.

— Que quer de mim? — queixei-me.

O demônio moveu-se um pouco, pareceu forçar um gemido semelhante a uma risada, certamente estaria sorrindo se fosse totalmente humano. Após algum tempo, respondeu como um eco de minha voz:

— Que quer de mim?

Sua voz suave, idêntica à minha, assustou-me. Minha visão embaçou por um instante e o corpo ameaçou ceder de vez, me obrigando a sentar na beirada da cama. Seguindo meus movimentos, os olhos do outro desceram à altura dos meus. Que é que havia de tão assustador e grave na situação? As palavras amontoavam-se na língua, a própria garganta parecia entulhada de sons que lutavam por fugir, mas a razão se impunha e sabia muito bem ser inútil o esforço de dizer. Afinal, que palavras então satisfariam tanto assim o desejo daquele outro diante de mim? Ora, as palavras irmãs de meu maior pecado, de meu mais esdrúxulo e vergonhoso movimento, palavras que eu sabia que jamais poderia saber dizer.

— Ficarei em silêncio! — exclamei.

— Em silêncio... — ele repetiu.

O silêncio devorava o espaço e o tempo dissolvia-se na espera de que algo ocorresse. Quão imutável tudo se afigurou tão repentinamente! O devir abolido e o tempo ultrapassado por algo de mais sólido, de mais estável. Minha resposta, minha resposta-proposta, quase saltava por entre os dentes para dizer-se a si mesma no ar pesado da catacumba tão absurdamente quieta. As ideias martelavam o crânio por dentro como se fossem vermes mastigando os miolos cansados de pensar e de existir. Confessar ou não confessar? Subitamente disse a mim mesmo: "Não! Nunca fui de fato culpado por tudo isso, por não saber dizer e por não poder negar!"

Foi então que algo me chamou atenção, uma pressão na perna sob a estranha calça de pano esfarrapada que me vestia. Algo como... tateei, buscando agarrar o objeto pesado e incômodo. Uma pedra. Puxei a mão para fora, os dedos envolvendo firmemente o que quer que aquilo fosse. Logo tive diante de mim um quartzo polido e brilhante, do tamanho de um palmo. Mostrei-o para o ser que ainda me encarava. Um traço de dor perpassou-lhe o olhar, demonstrando um sofrimento mudo e consciente, mas também raivoso. A vela lançou um forte brilho, realçado pela tensão entre meus movimentos íntimos a maquinar uma fuga e o olhar perdido e doloroso do demônio. Pude então, pela primeira e última vez, reparar e distinguir bem os traços daquele rosto. Era humano! Demasiadamente humano! O rosto mais humano possível! Era familiar, como se já há muito eu conhecesse meu algoz, meu juiz. Seu rosto parecia a soma de todos os rostos conhecidos com um rosto só vivido indiretamente através de reflexos e outras artimanhas... com o meu rosto!

— Você é um mentiroso! Perdeu-se e finge saber quem é e do que se trata! — ele gritou e me apontou, tomado de fúria.

A vela imediatamente se apagou, os olhos desapareceram, a escuridão absoluta fez-se soberana. Eu, tomado pelo terror, sem pensar e sem hesitar, atirei o quartzo em direção ao lugar onde o demônio estava. Algo estourou no indefinido e indefinível escuro. O som era de vidro se partindo, de cacos se arrebentando.

Novamente o silêncio e a espera. Mais uma vez o tempo resolveu parar, o espaço se cristalizou. A vela aos poucos começou a acender e, desta vez, embora muito mais fraca do que antes, com uma chama tão vermelha quanto sangue, iluminou toda a cela. Pude ver, na medida do possível, os cacos espalhados por toda a metade antes sombria. Me abaixei e com cuidado peguei um. Era um espelho! Um espelho enorme que cobria por completo a parede! Então, subitamente, um grito estridente cortou o silêncio e o espanto para substituí-lo por outro espanto. A vela se apagou, uma ventania se abateu sobre mim e logo fui puxado por forças descomunais para o leito onde estava sentado, me afundando cada vez mais dentro da palha, cada vez mais fundo, cada vez mais penetrando no cerne das coisas escuras e do próprio buraco.

* * *

Acordei com o coração aos saltos, o peito oprimido, a respiração ofegante e o corpo todo banhado em suor. Martelava-me a consciência uma única pergunta, que eu sequer tinha condições de responder porque tampouco podia compreender o que ela de fato significava. "Que palavras perdi?" Talvez tenha sido um sonho, um daqueles sonhos de que mal nos recordamos ao acordar, mas que fazem de sua simples ocorrência um peso, um fardo inconsciente que insistentemente traz consigo uma angústia, um cansaço e uma sensação de vazio. O peso do sonho é fruto de sua sinceridade. Quão sincero eu havia sido comigo mesmo instantes antes de acordar?

Era alta madrugada, pela janela soprava uma brisa fresca muito bem-vinda nessa época do ano em que o calor não dá trégua nem quando o sol se põe. A lua me fitava tímida por detrás das cortinas ondulantes e semicerradas, um pouco sombreada pelas raras nuvens que passeavam pelo céu limpo e profundamente escuro, sem uma estrela sequer a chamar a atenção para a imensidão do mundo. Frequentemente tenho a sensação de que a cidade é uma caixinha com muitas caixinhas e de que os homens são meros seres escondidos em caixinhas. Talvez as luzes das ruas, que ofuscam as estrelas, sirvam mesmo para esconder e não para mostrar. Até a luz parece ter seus segredos... A cidade também dormia, os prédios lá fora dormiam, a humanidade inteira dormia, somente o som de uns poucos carros que circulavam na avenida próxima denunciava a existência de vida àquela hora escura. Ainda um pouco desesperado, busquei aflito na penumbra pelo copo d'água que estava sobre o criado-mudo, quase o derrubando ao encontrá-lo mais à minha direita do que o habitual. Com um único gole, sorvi toda a água surpreendentemente fresca. O peito acalmou, as ideias recobraram sua parcial lucidez, o corpo deixou-se relaxar, mas ainda estava molhado, todo coberto por uma fina lâmina de suor que já era o suficiente para causar certo incômodo. Não havia como voltar a dormir, não daquela forma. Me levantei e fui até a sala em busca de uma toalha para me secar. Não tenho o hábito de me movimentar pela casa apagada, a escuridão dos cômodos sempre me trouxe uma angústia estranha, uma angústia que me acompanha desde o berço quando na presença da ausência de luz. Era preciso ser rápido. Me enxuguei o quanto foi possível, peguei mais um copo d'água na cozinha e voltei para o quarto, sentindo certo prazer em caminhar descalço pelo piso gelado. Me sentei ao lado da cama, fiquei ali plantado uns instantes. Havia sonhado e certamente estava perturbado. Era como se algo houvesse se rompido, os fios do espírito, umas sinapses mais tensionadas, quem sabe? Qual, de fato, havia sido o sonho? Não me lembrava. Fazia um esforço terrível para reencontrar as personagens, o cenário, o palco, mas estes me fugiam saltitando nas entrelinhas da memória, como que escorrendo pelos dedos. A evidência estava lá, a agitação, o terror, mas a causa se perdia por entre os efeitos. Aos poucos fui desistindo da empreitada, era inútil, o material onírico parece não compreender a linguagem da violência e, certamente, puxá-lo pelas pernas não era boa ideia, o melhor seria me deitar, aguardar que viesse tal qual inspiração. Encostei no travesseiro e puxei o lençol por sobre as pernas.

As horas passavam e passavam, a noite corria e o sono não vinha. Me virava de um lado para o outro e nenhuma posição era verdadeiramente confortável. Algo, definitivamente, sem margem para dúvidas, havia se partido. O coração vez ou outra se agitava de maneira incomum, atiçado por um medo que baixava feito brisa por sobre o corpo todo. Era necessário levantar, andar pela casa, correr pelas ruas, fazer algo que não ficar ali deitado enquanto o tempo passava indiferente. Gritar, era necessário gritar, pela janela, de preferência, para todos ouvirem: "O que foi que perdemos? Que palavras precisamos dizer?" E se outros ouvissem? Os vizinhos? Que fariam? Pensariam que fiquei louco, certamente. Reclamariam, provavelmente. Mas, no auge do delírio, porém lúcido, já quase podia imaginar a dúvida acendendo dentro da alma de cada um que ouvisse meu berro. Primeiro uma rua, depois um conjunto de ruas, até um bairro inteiro ser tomado de inquietude durante a madrugada. E, talvez, outros também acabassem por gritar de suas janelas, alastrando pela cidade a epidemia. "Onde foi que ficou? O que diremos? Que foi que perdemos? Será que estamos enganados?" Multidões sairiam pelas ruas revirando lixeiras, olhando debaixo dos carros, levantando as pedras para procurar aquilo que se perdeu, as letras misteriosas, as palavras místicas. Outros, mais prudentes, ficariam sentados à beira da cama, da mesma forma como fiquei, procurando dentro de si mesmos o que havia se perdido. Quem sabe, na louca carreira dos loucos atrás de palavras escondidas, não haveria alguém de reencontrar o sonho que perdi?

A agitação me desconcertou, nunca fui assim. Fui obrigado a me levantar e a novamente me postar sentado na beirada da cama, encarando a janela aberta. "Hei de me levantar, preciso passar uma água no rosto." Me sentindo um pouco perdido, quase desorientado, não sem dificuldade consegui atingir a porta do banheiro. Girei a maçaneta e entrei. Escuro, muito mais escuro do que o lado de fora. Tentei acender a luz, mas nada aconteceu, a lâmpada provavelmente estava queimada. Saí em busca do celular, a lanterna talvez me servisse para a ocasião. Achei-o ao lado do travesseiro. Voltei ao banheiro. Acendi a lanterna e encarei o espelho. Meu coração quase parou. Por um instante não pude crer no que via, ou melhor, no que não via! Não havia reflexo! Não havia o meu reflexo! Como um vampiro, um invisível, um ninguém! O medo se abateu sobre mim mais uma vez tal como brisa por sobre o corpo. Um grito longínquo veio da rua, um grito que cada vez parecia mais próximo ao quarto, até que cessou. Silêncio, o mais profundo dos silêncios. De súbito, sem motivo aparente, o espelho se partiu. Estraçalhou-se. Lembrei-me do sonho, do demônio, do indizível. Uma ventania entrou arrasadora pelas janelas, as cortinas quase se rasgaram, a tormenta carregava novamente consigo o mesmo grito do sonho e de momentos antes. Atordoado, tropecei para fora do banheiro e caí de cabeça no chão. Tudo escurecia, os olhos se fechavam sem que nada pudesse ser feito a respeito. "Perdemos quem somos? O que foi que não dissemos?"

Quando abri os olhos, lá estava novamente. A cela meio iluminada e meio escura, as paredes de pedra prontas para sufocar qualquer grito, a cama de palha disposta a me abraçar para toda a eternidade. Só que, desta vez, quem estava na escuridão era eu e quem me encarava, do lado iluminado, era... eu, o demônio! Ousaria ele admitir e me confessar qualquer coisa com franqueza? Era insuportável lidar com a perspectiva de ouvir o que quer que fosse de mim mesmo. Seria o pesadelo mais real do que a vigília? Ou seria o próprio real um pesadelo? Pouco importando a resposta, algo precisava ser dito e algo precisava ser ouvido, e não seria dizer e ouvir qualquer coisa...

O ódio ou Pais e filhos

"Não quero mais ser testemunha de minhas desgraças, nem de meus crimes! Na treva, agora, não mais verei aqueles a quem nunca deveria ter visto, nem reconhecerei aqueles que não quero mais reconhecer!"

Sófocles, *Édipo Rei*

Sou muito pouco, sou quase nada. Sou o que sobrou, o que ficou para trás, o resto frio no canto do prato. Sou o que não quis ser. Sou quem não foi, quem não pôde, quem não quis. Sou isto que não sei, não sei o que sou. E quem há de me garantir que, de fato, não sei? Quem, senão eu, que nada sou, há de provar o gosto amargo de meus dias e a confusão terrífica de minhas noites? Não reconheço, em nada me reconheço. Não creio em nada, não creio em mim, não posso crer. Posso, sim, deslizar suavemente os dedos pela superfície lisa de madeira envernizada da mesa ao meu alcance. Não o farei. Posso, sem sombra de dúvidas, fazer dançar a língua pela cavidade estranha e irregular que é a boca, a minha, talvez minha, boca. Mas também não o farei. A bunda há de permanecer colada à poltrona branca desta sala de estar de paredes também brancas e envoltas na penumbra mista entre as luzes amareladas da rua, bloqueadas parcialmente pela fina cortina de pano, e a noite profunda que luta por devorar tudo do lado de fora. Os sons, se pudesse, deixaria de ouvi-los, os cheiros, de senti-los, mas não me movimentarei para tanto. Hei de permanecer parado, imóvel, quase morto, se possível. Impossível. Os olhos permanecerão fechados, como se pudessem ficar assim para sempre, como se exatamente agora fosse para sempre. A respiração automática, o peito sobe e desce. Que faço? Que faço aqui sentado? Penso e, sem formular bem para mim mesmo tal desejo, deixaria de pensar, se pudesse. Penso em não pensar, mas penso. Que sou? Certamente sou algumas lembranças de alguma coisa como eu mesmo. Eu mesmo, eu mesmo, eu mesmo. Sou um vulto perdido no abismo indefinido e indefinível da agitada região da memória. Me esqueço, me esqueceria, se pudesse. Me esqueceria de que me lembro de me esquecer de mim mesmo, de que gostaria de esquecer do que nunca esqueço. Mas também nunca lembro. Nada posso. Não sou livre nem para mim mesmo? Diabo!

Eu, eu, eu, eu! Tudo se trata de mim e para mim e nem sei... o que sou. Que é esse estranho fluido inodoro, incolor e impalpável que chamo de eu? Ele existe agora, existiu antes e não existirá depois? E, quando não existir, que será que será? Meio sem fundo, nadando no raso oceano do eterno, caminhando pela areia branca da praia dos náufragos, correndo pelos campos arrasados das terras do nunca, gritando desesperado no silêncio das eras que não virão, sufocando com o vácuo infinito dos seres que não são. Distante, será distante, certamente. Mas tão distante quanto hoje? Amanhã, qualquer dia pode ser amanhã... Hoje é para sempre até amanhã. Sobre todas as cabeças pende o amanhã... Se vim para depois ir embora, por que vim? A decisão mais importante não fui eu quem tomou... Eu, que nada sou, não escolhi ser. Ah! Danados sejam meus primeiros carcereiros, meus pais, que, por acaso, se encontraram, por acaso, por descuido, por serem incompletos, tristes quando sozinhos, como animais no escuro ameaçador das madrugadas insones, necessitados de preencherem seu tempo vazio com a mais saborosa das distrações, me arrastaram pelos pés, que eu sequer possuía, para o vale de lágrimas que é este mundo. Sou filho dos instintos, de um prazer covarde, das incapacidades e da sorte. Que azar! Mas é tarde para pensar em não ter nascido e é sempre tarde para pensar em se retirar. E que destino miserável me reservam os tempos que ainda não são, entre o hoje e o amanhã? Irão dar à luz o aborto constante que o presente expulsa para o antes e o antes promete para depois? E que engano é esperar por nascer de novo, pai de si mesmo! O tempo passa e a gente nunca se encontra. O tempo passa e a gente se esquece... a gente... O tempo passa e somos empurrados cada vez mais profundamente para as distantes e profundas águas estéreis das obrigações, dos deveres, dos compromissos, dos falsos desejos, das vãs ambições... E a gente se esquece daquilo que deseja de mais profundo, daquilo mesmo que negamos quando desejamos o que, na verdade, não queremos. A gente se esquece daquilo que somos... Eu não sei, mas vai ficando sem gosto. Talvez seja por isso que de mim nada sei. A língua desespera agora na boca vazia, a cabeça se debate contra o muro dos desejos proibidos que nem existem mais. Me procuro nos sons, nos cheiros, pelo tato, abro os olhos. Não encontro nada. Me mastiguei até perder o gosto, e não aproveitei enquanto talvez era doce, enquanto tinha gosto, mesmo que, também talvez, amargo. Passo a mão pelo meu corpo nu, nenhuma garantia de que existo. Percorro as proximidades, me dirijo ao outro: — Outro! Me diga você, você que é, você que vê, você que me ouve, que pode me tocar e que finge acreditar em mim! Me diga o que sou! — E desespero quando vou ao outro, grito com o outro — Outro! O que pode notar? — e me atiro no chão frente a todos os outros, rolo na calçada imunda de uma praça movimentada e frequentada por pombos e por outros outros. Puxo os cabelos, esperneio, faço do corpo a confissão da culpa de nada ser, de nada ser sendo. Tudo é nada e nada é tudo! Quem lá, quem aqui, quem dos outros, todos eles, reunidos na imunda praça, poderá descer do céu e me tocar a face contorcida pela aflição e pelo terror de nada encontrar onde mais esperava encontrar? Há, neste mundo, algum anjo piedoso capaz de vir até mim e me encarar nos olhos e me absolver de todas as culpas, de me perdoar todos os crimes, de me revelar com suavidade a falsidade de todas as mentiras que me conto, me aceitando por inteiro, me tomando nas mãos como delicada flor colhida numa manhã azul de primavera? Há espelho neste mundo que aceite me refletir para eu mesmo saber o que e quem sou? A bunda permanece colada ao tecido áspero da poltrona na semiescura sala de estar. Estou nu. Estou aqui. Estou, não estava e não estarei. Nu. Os olhos fechados novamente. Preciso me vingar dos culpados, preciso apontar culpados. Preciso me levantar, abrir os olhos!... Mas não posso, não posso porque estou sentado na poltrona branca da sala de estar, de frente para a televisão desligada, ao lado das janelas fechadas, à frente da mesa de madeira envernizada que supostamente alcançaria com as mãos. Mas eis a minha vitória! Encontrei um culpado e preciso ser absolvido! Encontrei um culpado assim que acreditei estar ao lado da volátil e fugidia substância de mim mesmo! Talvez seja isto mesmo o que sou, o culpado, o monstruoso reflexo daquilo que ninguém quer ver refletido! Sou o parricida que assassinou o Nada meu pai, o matricida que assassinou a Ausência minha mãe! E quantos culpados sou! Um para cada multidão de negações do que há! Sou também o culpado de ontem, o de hoje, o de... amanhã... Eu fui criança... Sim, fui criança... Penso... Penso que a existência é uma vidraça, que o tempo é uma pedra, que o espaço é um relógio. Nosso corpo marca no espaço os traços das pedradas que levamos. O que pende sobre nossas cabeças não é o amanhã, mas o tempo. A culpa, essa máscara da dor, esse espectro do pecado, se coloca e me coloca entre o espaço e o tempo. Quantos culpados sou! Agora vejo claro, vejo profundo através da superfície agitada, também sou o culpado no outro, como o outro é culpado em mim! Sou o culpado na praça que se debate diante de tantos outros culpados que também se debatem, arrancam os cabelos, cobrem-se de imundície, furam os olhos e mordem os dedos. E eles todos, os outros, são o que sou e são quem sou, são em mim, eu que sou a síntese, a interseção, a unidade da multiplicidade dos outros e dos outros outros! Mas ainda preciso me vingar da culpa que contraí sem desejar, sem ter escolhido... Preciso me vingar da culpa, inocente porque involuntária, como o espasmo de um músculo, de meu nascimento. Minha culpa só é culpa porque não sou culpado, minha culpa é culpa alheia. Eis o que sou e eis o que devo fazer, e devo fazer nu, como vim ao mundo. Eis o que devo fazer ao abrir os olhos, ao sentir a mesa tão... lisa. O mundo, esse abismo, eis como devo me afundar nele, atirando pedras contra vidraças, eu que sou senhor do tempo. Devo apunhalar os seios que me amamentaram, o pênis que me ejaculou, os culpados, mais do que eu, que me arrastaram e me obrigaram a dividir com eles a própria culpa. Só então a turbamulta dos culpados se dissipará e deixará de me encarar sem me enxergar. Serei nada, mas serei tudo, serei a dúvida que assalta a razão e a certeza que trai os sentidos. Serei o reflexo no espelho do banheiro. Não... Não me levantarei... Ou talvez o faça, mas talvez não. Como sou pouco, sou quase nada! Sou a brecha, a fissura por onde se introduziu o vazio, a ferida aberta na malha da confusão das coisas. Eis minha culpa. Mas se o outro não desce do paraíso, eu lhe carrego o inferno! O inferno que nada contém, o inferno das contradições e das antinomias! Que escândalo! Quão paradoxal minha condição de pobre coitado e de assassino da tranquilidade!

***

O corpo nu se levantou da poltrona branca da sala de estar, girou o corpo, deu um passo à esquerda e outro à frente, deslizou suavemente a palma da mão sobre a superfície lisa da mesa de madeira, ouviu atento o silêncio à sua volta, encarou com profundidade os objetos semiocultos pela penumbra e saboreou um gosto metálico que lhe chamou a atenção. Um gosto de sangue. Havia mordido a língua de propósito. Descobriu, afinal, que alguma coisa corria em suas veias. Observou as mãos, olhou para baixo, viu com clareza os próprios pés, as pernas magras, seu membro viril... Existia. E, já que existia (ou parecia existir), deveria realizar-se, deveria, como corpo, afetar outros corpos. Inimigo ferrenho que era das leis mecânicas deste mundo, levaria aos outros corpos, com seu toque, não o movimento, qual uma bola de bilhar, mas a inércia. Se pudesse, faria o mundo parar de uma vez por todas. Passo após passo, sempre observando e sentindo-se, atento a si mesmo para não desaparecer como a bruma leve das manhãs, saiu da sala e dirigiu-se à cozinha. O ambiente lá era mais escuro, mais difícil de movimentar-se, de sentir-se e de ter a certeza de que existia. Acendeu a luz, os olhos doeram, a vista embaçou, estava no escuro havia já algum tempo. Passo após passo, foi até a gaveta onde residiam as facas maiores, mais longas, mais... adequadas. Primeiro deixou os dedos experimentarem a textura das lâminas geladas, cada uma tinha um formato próprio, uma peculiaridade. Desejava a mais bela. Desejava uma faca que pudesse ser apelidada de "punhal". Havia algo de literário pairando no ar de suas fantasias sangrentas, algo de estético, de... artístico. O tato esbarrou primeiro naquilo que logo depois chamaria a atenção da vista, uma faca cuja lâmina se encontrava protegida por um estojo de grosso couro encardido. Viu primeiro só o cabo da arma, portanto. Era de um branco meio amarelado, talhado com pequenas e rasas fissuras amarronzadas, culminando, na ponta oposta à da lâmina, numa peça arredondada feita de metal fosco. Os contornos da arma ajustavam-se perfeitamente à anatomia da mão, cada curva do objeto parecia haver sido pensada para a mão específica do corpo nu na cozinha clara, debaixo da luz branca de uma lâmpada fluorescente. Puxou, enfim, o estojo para revelar a parte letal. Era perfeita também. Uma lâmina robusta e afiada, especialmente pontuda, serrilhada no lado oposto ao do corte. Perfeita. Largou no chão a proteção de couro, deixou a gaveta aberta, caminhou de costas até a porta por onde entrou no recinto. Resolveu deixar a luz acesa. Virou as costas para a cozinha e dirigiu-se ao quarto no final do corredor.

Caminhando como um gato negro que se movimenta pelos becos mais escuros à caça de um suculento rato qualquer, como uma pantera faminta que rastreia sua presa, foi até a porta encostada no final do aparentemente tão longo corredor. O silêncio reinava absoluto, podia-se ouvir o pulso tranquilo do coração nada aflito no peito calmo do sereno corpo nu. Mas cada avanço era feito às custas de pequenos ruídos, sabia que tinha de tomar cuidado, o corpo mãe e o corpo pai tinham sono leve. Pousou finalmente a mão sobre a porta encostada, a superfície era semelhante à superfície recém-experimentada da mesa da sala de estar. Empurrou a porta com graça, com a leveza dos movimentos de um felino, e adentrou o cômodo.

O ar do lado de dentro era mais pesado do que no restante do apartamento, um ar com odor de respiração, de corpos, de papai e mamãe. Lembrou-se de quando vinha passar as primeiras partes das manhãs de domingo neste quarto, feito um cachorrinho, em meio aos corpos pelos quais sentia um irresistível, profundo e sincero afeto. Mas agora não sentia mais o amor de antes, algo como uma indiferença quase ausente de tão vaga lhe marcava os sentimentos. Estava para os outros corpos, que nada lhe revelavam e nada lhe escondiam, puras superfícies que eram, puros corpos que eram, como as pedras estão para as pedras, como as coisas estão para as coisas. Deu um largo passo adiante em direção à cama, a porta movimentou-se com o ar deslocado por seu avanço descuidado e fez um pequeno rangido. O corpo nu parou imediatamente, os outros dois remexeram-se e resmungaram na cama. A janela estava fechada, mas as cortinas estavam abertas, a iluminação débil lançada dentro do recinto era semelhante à iluminação da sala onde quase tudo descansava na semiobscuridade sem deixar de revelar seus traços mais fundamentais, suas cores, seus detalhes até. O corpo nu lembrou-se das mãos, sentiu as mãos e, nas mãos, na mão direita, seu punhal. Avançou mais um pouco, com cuidado, atraído pela força de uma fascinação produzida pela aura carnal que parecia emanar daqueles animais em repouso envoltos num fino lençol branco transparente que se entregavam à sua vista e se ofereciam à sua vontade.

Atentou para os pescoços que jaziam desprotegidos, quase convidativos, atentou para os contornos de cada um deles. Brilhavam iluminando toda a cena. Com um olhar assassino de ave de rapina, distinguiu as veias mais salientes, os músculos mais definidos, os ossos mais próximos à superfície da pele. Em qual paragem dessa infinidade de caminhos haveria de descansar a lâmina gelada do belo punhal que tinha em mãos? Certamente naquela região logo acima do ponto de quase encontro das clavículas, no orificiozinho acima do peito e imediatamente abaixo do ponto médio do pescoço, cujo tamanho se assemelhava à largura do metal que haveria de lhe perfurar. Mais um passo, tinha ao seu alcance os alvos escolhidos, tinha diante de si os animais que haveria de abater. Qual deles receberia o primeiro golpe? Era uma questão de estratégia sobre a qual não havia se detido a meditar. Mas, obviamente, haveria primeiro de sacrificar o pai por ser o mais forte. Precisaria pegá-lo desprevenido para obter sucesso. Deveria ser ligeiro, caso contrário a mãe teria tempo para atinar para o perigo assim que despertasse subitamente da embriaguez do sono. O pai era justamente o corpo mais próximo do lado da cama que o corpo nu tinha diante de si. O corpo nu sentia-se absolutamente próximo de anular--se, de submeter-se a algo que sabia estar acima, sentia-se esvair nos ares como vapor de água. "A(s) distância(s) entre aquilo que se é e aquilo que se quer ser são os outros!", pensou. Levantou acima da própria cabeça a arma que empunhava, sustentou-a ali por um segundo. Não havia em seus gestos um traço sequer de hesitação, de remorso, de considerações morais. Com um movimento firme, desceu até o ponto desejado do pescoço do pai. Um golpe preciso, forte, que fez imediatamente esguichar um jato de sangue no rosto da própria vítima. O homem abriu os olhos com espanto no mesmo instante em que o filho lhe saltou sobre o corpo, segurando seus membros com os joelhos. O assassino girou a lâmina na garganta do desgraçado que abrira a boca lutando para fazer sair dali algum som e que se debatia tentando desferir algum golpe. A cama estalava com os movimentos convulsivos da curta e já decidida luta. O corpo nu puxou o punhal no ar, o sangue brotava aos borbotões da ferida aberta. O pai encarou o filho enquanto começava a deixar de lutar, buscou profundidade em seus olhos mas encontrou somente a superfície agitada de um ser que não possuía nada além da exterioridade violenta. O corpo nu desferiu outro golpe, agora no olho que lhe perscrutava as sinapses. A mãe acordou de vez com o segundo impacto, já estava meio desperta durante a primeira parte da luta. Soltou um grito horrorizado, a face deformou-se pelo terror que sentia e que lhe perpassava o corpo, estava ela também ensopada com o sangue morno do marido que deixava rapidamente de resistir.

— Marcos! Marcos! O que é isto? Por favor, Marcos, meu filho! — suplicou enquanto principiava a chorar de desespero, saltando da cama e levando as mãos ao rosto.

Marcos levou o seu próprio olhar até o olhar de pânico da mãe. Estava ainda sobre o corpo já quase inerte do pai quando a encarou com um sorriso estampado no rosto, atirando a mulher na mais maldita confusão.

— Isto, mãe, sou eu! Sou finalmente eu! — respondeu triunfante.

Vermelho e encharcado de sangue, levantou-se e ficou de pé sobre a cama. Olhou de cima para baixo a mãe. Seu corpo nu parecia reluzir sob um sol infernal, o mundo e as luzes tornaram-se vermelhidões absolutas, o próprio Satã invejaria a violência e a destruição provocada pelo corpo nu, por Marcos. O rapaz abaixou-se e avançou em direção à mulher que se levantara da cama e que agora se agachava no canto do quarto. Ela suplicou ainda uma vez, as lágrimas correndo pela face apavorada:

— Marcos, meu filho! Por favor!

Marcos, nu como viera ao mundo, saltou sobre a mãe. Puxou-a pelos cabelos até que esta se elevou à sua própria altura e lhe cuspiu no rosto. A mulher chorava convulsivamente.

— Mãe! Olhe pra mim!

Ela não olhou, balançava a cabeça num movimento de negação. Marcos se irritou, desferiu, com a mesma mão que segurava o punhal, um murro no rosto da mãe. O corpo da mulher caiu com força no chão. O filho se abaixou sobre a segunda vítima e sussurrou em seu ouvido:

— Vê, vagabunda! O que criaste! Quem criaste! Nunca pedi para estar aqui, sua criminosa!

Deu um pontapé na cabeça da presa e olhou com satisfação à sua volta. Satisfeito consigo mesmo, em seu rosto despontou outro sorriso acompanhado de uma lágrima de emoção. Sentiu com prazer o odor acre de sangue e de medo que preenchia o ar do quarto, substituindo o cheiro insuportavelmente acolhedor e maternal de antes. Havia vencido, finalmente! Levara até o paraíso o próprio inferno, fizera-se ele próprio o demônio. O inferno é o paraíso do demônio. Vencera a dúvida, a incerteza, tornara-se alguma coisa, alguém, nascera de novo, agora pai de si mesmo. Não estava mais nu, tinha sobre si a generosa roupagem proporcionada pelo rubro sangue de seu pai. O líquido morno lhe aquecia o corpo e... a alma, garantindo-lhe que nunca mais nenhum esforço seria necessário para perceber que existia. O crime e a vingança que pesavam sobre suas costas, mas que o absolviam de outras culpas mais dolorosas, eram garantias suficientes de que não desapareceria no ar. O sangue de seus pais, que antes lhe mortificava, trazia-o agora à vida, vida esta que sentia pulsar dentro do peito, da cabeça, das pernas, dos braços e até do punhal. Respirou com profundidade, tinha ainda de terminar aquilo que começara. Outra vez desceu até a mãe, que jazia imóvel no chão. Com cuidado, quase com carinho, como se houvesse qualquer necessidade de delicadeza, pressionou a lâmina contra a lateral do pescoço da mulher. Uma gota de sangue escorreu e ela gemeu, impotente. Marcos puxou os cabelos e levantou a cabeça do corpo que tinha sob seu controle, passou a faca por debaixo do pescoço e, com um gesto brusco, fazendo um tremendo esforço, feito um açougueiro, degolou a mãe, que não lutou um segundo sequer pela própria vida. Muito sangue foi borrifado em seu rosto. Ergueu diante de si a cabeça sem corpo, encarou os olhos escancarados pelo terror e pela profunda tristeza de ser assassinada pela própria cria. Beijou a face sem vida e largou-a no chão, deixando-a cair com um baque surdo. Antes de se levantar, passou a língua nos lábios e sentiu o mesmo gosto metálico que sentira de si mesmo quando se levantara da poltrona branca da sala de estar também branca.

De pé, Marcos passou por cima do corpo inerte do pai, que jazia na cama. Foi até o corredor e virou à direita no banheiro. Acendeu a luz amarelada que pendia sobre o espelho e se dirigiu até ele. Deixou o punhal ensanguentado sobre a pia de mármore. Não se reconheceu no reflexo que encarava, mas reconheceu outro, ainda indefinido, ainda sem nome, como um embrião, como um feto. Encarou os próprios olhos perdidos no meio do mar de sangue que encharcava sua face. Enxergou, embora indistintamente, a satisfação infinita que lhe perpassava a alma. Que belo espetáculo fora capaz de produzir! Que mundo maravilhoso! Talhara a si mesmo como um artesão, valendo-se de golpes de punhal! Que haveria de fazer, ele, Marcos? Uma vida descortinava-se para ele e diante dele. Mas imaginava, quem diria, imaginava que quem o visse o mataria. Imaginou que algo de seus pais ainda subsistia. Fechou o rosto, não estava mais contente, já que não poderia sobreviver. Pensou um pouco, sentou-se na privada por quase meia hora. Tinha algo na ponta da língua, algo que gritava e reclamava por um lugar ao sol, que desejava nascer, algo que era como uma ideia, uma palavra esquecida e lembrada, algo como uma vida. Concluiu, finalmente, que mudaria de nome, passaria a se chamar Lázaro.

Sentiu-se exultante, o contentamento voltou a se estampar em seu rosto. O mundo se entregou aos seus sentidos recém-descobertos. Respirou fundo, chorou um pouco sem saber o porquê. Afinal, quem fizera aquele repugnante estrago? Quem senão o anarquista, o parricida, o matricida, Marcos? Lázaro regozijou-se por não ser Marcos. Marcos era um desalmado sem pai nem mãe nem Deus. Ele era, sobretudo, mau.

Após meditar um pouco, após algumas voltas pela casa, após revisitar inúmeras vezes o campo de batalha sangrento que era o quarto dos pais de Marcos, após tomar alguns copos d'água para acalmar-se, pois tinha os nervos frágeis, Lázaro voltou para o espelho do banheiro. Concluiu, com sensibilidade estética e moral renovada, com senso de pudor desconhecido, que haveria de (como primeiro gesto no mundo) limpar a bagunça e a sujeira deixada para trás por Marcos. Marcos era o nome de seu pai, e Lázaro não suportava a condenação incontornável herdada do pai. Só de pensar no nome de Marcos, no rosto de Marcos, nas coisas que Marcos fez, sentia ânsias de vômito, e por isso precisava limpar a bagunça do quarto ao lado. Fora condenado por um crime que outros cometeram, que seu pai cometeu. Sua culpa, Lázaro sabia bem, era ter nascido. E ter nascido ele nunca escolheu. Olhou para a mão ensanguentada, sabia que água nenhuma no mundo lhe lavaria a pele, que para sempre carregaria a culpa de seu pai. Olhou para o próprio corpo nu de recém-nascido, coberto pelo líquido vermelho que o alimentara no ventre de onde veio. A cena do quarto ao lado era a cena de seu nascimento, e seu nascimento era sua maior culpa, por isso precisava limpar a bagunça toda de uma só vez. Olhou em volta, o coração batia forte. Sentiu que iria desmanchar, que iria desfazer-se sob o olhar do pai no espelho do banheiro. Encarava o reflexo e tudo que enxergava era Marcos, com seu ar de superior, de quem tem certeza de si mesmo, de quem não desaparece com o vento. Lázaro não sabia nada sobre si mesmo, não sabia quem era, mas sabia que tinha que limpar a sujeira. Por acaso, encarou o punhal abandonado sobre a pia. Hesitante, trêmulo, pegou-o nas mãos. Era o punhal de seu pai, certamente. Precisava limpar a sujeira. Olhou no espelho novamente. Seu olhar passou de amedrontado a resoluto, decidido, enraivecido. Pressionou a faca contra a garganta. Precisava limpar a sujeira deixada para trás por Marcos.

A dor

— Vamos, Pedro, pegue suas coisas, temos que ir!
Saí pela porta dos fundos e dei a última volta naquela que foi a casa onde morei por toda a adolescência. Chequei todas as portas e janelas uma última vez. Tudo estava pronto. Ou acabado.
— O táxi já está vindo? — perguntei.
— Já está aqui faz uns cinco minutos!
Me apressei, tranquei a porta pela qual saí e corri até a parte da frente da casa que dava para a rua. Chovia muito e, no gramado, poças d'água formavam armadilhas pelo caminho, escondendo, embaixo da superfície agitada pelas gotas, alguns buracos mais ou menos profundos, frutos de nosso descuido. A porta

do táxi estava aberta, joguei a mochila primeiro e entrei num pulo logo após.

— Ai, cuidado, porra! Tá pesado! — reclamou ela. — Trouxe tudo?

— Peguei o que deu pra pegar.

O carro arrancou, a chuva só piorava. Aquela quarta-feira que amanhecera cinzenta refletia no céu o nosso próprio pesar. Passamos pelas ruas menores para evitar engarrafamentos nas avenidas. A cidade corria pela janela, as pessoas corriam da chuva e o carro corria pelo asfalto. Para onde ir? Para onde correr?

A vida segue caminhos estranhos, cheios de voltas e buracos, que parecem nos levar a lugar nenhum. Naquela tarde, tudo parecia mesmo um emaranhado para nós dois. Mamãe morreu anteontem, ou ontem... "*Hoje, mamãe morreu. Ou talvez ontem, não sei bem.*" Fomos despejados de casa hoje e chovia muito. Não tínhamos para onde ir, sem amigos ou família que nos propusessem suportar o peso da desgraça dividindo um mesmo teto. Exilados e perdidos, transitando por aquelas outrora tão familiares ruas, íamos para o enterro de alguém que não existia mais. Enterra-se alguém ou enterra-se alguma coisa? Não existia mais. Nunca mais existiria mais. Estrangeiros, condenados ao degredo pela decrepitude da carne de outrem. Nem mesmo mais um dia em casa, para recompor os ânimos ou buscar alguma maneira de se ajeitar, o aluguel estava atrasado havia não sei quanto tempo. Negócios são negócios e mortos são mortos, nada pode ser feito a respeito.

Passamos o resto da viagem calados, os sons do carro se locomovendo no asfalto molhado e das gotas atingindo o veículo eram muito mais silenciosos do que o mais profundo dos silêncios. Chegamos ao portão do cemitério após trinta minutos de rotas alternativas, o movimento estava um inferno no centro da cidade, mas, quanto mais próximos do cemitério, mais vazio o mundo ficava. Ela saiu primeiro. Eu paguei o motorista com algumas notas amassadas que estavam no bolso da calça jeans, minha única calça, saí do carro fazendo certo esforço para ajeitar o peso da mochila às costas e a segui pelo caminho reto que levava até as primeiras lápides encravadas no lombo de um morrinho suave e extenso e terminava numa pequena construção de concreto enegrecido pelas intempéries.

Não nos deparamos com nenhuma pessoa por ali, não havia vivalma naquele terreno batido e esquecido pelo tempo. O verde da grama alta contrastava com o aspecto geral do dia e do lugar, a chuva molhava aqueles campos, tornando-os ainda mais verdes e vivos num mundo de mortos e lutos enegrecidos. A caminhada não durou muito, logo nos encontrávamos ao pé da pequena capela de concreto cujo interior não estava sequer bem-iluminado. Uma única lâmpada fluorescente pendia do teto e banhava com fraquíssima luz branca o interior lúgubre daquela única peça. Me sacudi da chuva e adentrei o recinto, um tanto receoso devido ao forte odor que preenchia o ar ali dentro e o tornava pesado e difícil de respirar, a umidade abafando ainda mais o ambiente e nossas já confusas ideias. Sob a lâmpada, ao fundo da sala, um caixão aberto. Me aproximei. Ela, com certo ímpeto, se precipitou sobre a caixa de madeira e pôs-se a chorar convulsivamente, com a mão no rosto, soluçando a cada respirada que dava. As pernas fraquejaram, agachou-se e sentou apoiando-se nos próprios braços.

— Não! Não, não, não...

A mesma cena desenrolara-se pela noite, o mesmo pavor dominava-lhe novamente o corpo, esfriava-lhe o sangue e colocava-a a chorar.

— Que faremos agora, hein? — perguntou, olhando-me nos olhos.

Eu não pude responder. Por fim, ela calou o choro e desviou o olhar, mantendo-se absorta nas próprias ideias. Não me movi, fiquei lá, sobre o caixão, plantado, olhando. Olhando o quê? O corpo? Aquele resto de gente? Não, olhando para mim mesmo, olhando por dentro do que ainda parecia estar vivo. Não, não havia tristeza, havia sim um luto distante, mas mais do que tudo havia um vazio, um nada absurdo, uma completa apatia e uma sensação de que algo fora perdido muito tempo atrás, muito antes de todos os golpes sofridos nos últimos anos.

Não pude notar, ocupado que estava comigo mesmo, o olhar que ela me lançava novamente. Com a voz trêmula e chorosa, me puxou a mão e disse:

— Vai ficar aí parado?

Acordei. Dei outro passo em direção à morta, ainda hesitante e com os olhos fixos. No princípio vazio, aos poucos fui sendo preenchido pela realidade, pelo som da chuva, pelo ar pesado, pela visão atormentada naquele ambiente mal-iluminado. Encostei na beirada do caixão, me inclinei para ver o rosto pálido do cadáver e ter certeza de que se tratava mesmo de mamãe. Eu já tinha certeza, talvez tenha me aproximado com a esperança de não mais ter.

— Ela morreu — eu disse.

"Somos feitos da matéria dos sonhos; nossa vida pequenina é cercada pelo sono."

— O quê? — me perguntou ela, assustada com meu quase delírio.

Não ousei mais abrir a boca, me senti incomodado, um pouco nauseado por tudo aquilo, por toda uma vida, e dei um passo atrás. Mamãe estava morta, nada mais, nada menos, morta, sem sombra de dúvidas.

— Eu deveria ter escondido aquela caixa de remédios — ela disse.

Não respondi, não era uma pergunta, tampouco uma sugestão de que ela necessitava ouvir algo de mim. Voltou a chorar e acabou por esconder a cabeça nos joelhos, que abraçava em posição fetal. Um choro manso, muito mais de resignação do que de impotência ou desespero. Um choro bom de se chorar. Realmente fora uma besteira esquecer a caixa de remédios com ela, mamãe, já que antes tentara se matar duas vezes, a primeira com uma facada não muito precisa no peito, tentativa que resultou mais em dor do que em solução para a dor, e a segunda, mais dramática, em que ela pulou do terceiro andar do prédio da tia Rita, acabando por quebrar as duas pernas, um braço e algumas costelas, mas ainda sim continuando bastante viva. O estranho era que, após as tentativas de suicídio, houve uma melhora significativa de seu humor depressivo. Uma semana após a primeira, ela nos propôs uma viagem à praia. Como, se ela nunca gostou de praia? De qualquer forma, fomos à praia e aproveitamos como nunca antes em família. Cada amanhecer e entardecer por nós presenciados de um ponto de vista diferente. Um dia numa grande pedra no final da praia das Rochas; noutro dia, de um barquinho de turismo; num outro, da cobertura do apartamento que dava para a praia dos Caramujos. Cada momento de lá que sou capaz de recordar é preenchido por sorrisos despreocupados e uma sensação de esperança de que a vida melhoraria mesmo para aqueles que sofrem ininterruptamente, como mamãe. Ah, e a vida não é mesmo tão bela quando não nos lembramos de nossas dores, queixas e intermináveis lutas? Não havia um resquício sequer do incidente do mês anterior que tanto nos abalou, nossas conversas convergiam sempre para temas de ordem cotidiana ou para silêncios que nos tornavam ainda mais próximos. Voltamos e ela continuava muito bem.

Durante dois meses, eu e minha irmã permanecemos convictos de que algo havia mudado definitivamente no espírito de mamãe, talvez houvesse se reconciliado consigo mesma e sentia que valia a pena continuar a existir, ou apenas deixara de dar bola para as questões que lhe oprimiam o peito e lhe comprimiam as ideias.

Foram bastante curtos os dois meses de paz. Aparentemente ainda muito bem, com o coração calmo e os parafusos no lugar, ela saltou da janela da casa de titia enquanto almoçávamos. O barulho do vidro estourando ecoa até hoje dentro de meus ouvidos durante as noites maldormidas. Ela nem se deu ao trabalho de ir para o cômodo vizinho para pular. Simplesmente se levantou da cadeira e se atirou pela janela da sala. Quando aconteceu, lembro-me de ser incapaz de levantar da mesa, de dizer ou pensar qualquer coisa, lembro-me perfeitamente da cara que me fizeram as outras duas que estavam sentadas à mesa, como se também elas houvessem sido quebradas junto com o vidro. Era um sonho ou era um filme? Era, na verdade, uma manhã de domingo, uma manhã quente e clara, daquelas que anunciam um dia preguiçoso demais até para o tempo passar.

Não queríamos interná-la, ela não queria ser internada, mas tomamos algumas medidas. Quase tudo na casa que poderia ser utilizado para ferir foi escondido, trocado, removido, pouquíssimas coisas restantes ofereciam algum perigo em especial. Mas claro que ainda era possível tentar qualquer loucura. Conseguimos convencê-la a frequentar um terapeuta duas vezes por semana, mas não sobre a necessidade de ir a um psiquiatra. "Remédios não", dizia. "Não estou doente." E, realmente, ela não parecia doente. Após retornar do hospital onde passara duas semanas se recuperando e sob especial vigilância, ela parecia melhor do que nunca. Passamos a sair para jantar quase todos os dias, voltamos a frequentar o antigo sítio aonde não íamos desde que papai morreu. Tudo ia bem, até demais.

Na semana passada ela adoeceu, pegou uma gripe forte que se complicou com uma pneumonia, mal era capaz de sair da cama, mas continuava emocionalmente firme apesar das dores no corpo e da febre alta. Dizia que, quando melhorasse, iríamos à praia novamente, reformaríamos a casinha do sítio e lá moraríamos, deixando para trás a maldita casa alugada no centro da cidade, onde não se pode ouvir os pássaros cantar e onde a cor mais viva que se pode ver é a de um carro vermelho que passa de vez em quando na rua de baixo. Ela recomeçaria e nós estaríamos juntos, esqueceríamos o que se passou e viveríamos melhor. Dias atrás, o médico lhe receitou alguns analgésicos mais potentes para a dor de cabeça e ainda alguns outros medicamentos para a febre e para a respiração, que só pioravam. Eu sabia que aquela onda de otimismo era somente o último suspiro de um ser que já estava cansado de lutar, que não podia ver além daqueles males um motivo para viver, pois sabia que, mesmo vencendo a doença, estaria ainda sujeito àquela outra luta muito mais indigna e desproporcional, a luta de uma vida inteira, a luta contra um espanto e um medo que residiam no mais profundo abismo cavado num coração humano, um desespero mudo que lhe consumia desde que nascera e que, desde que papai morrera, tomara-lhe as rédeas da alma. Para quem vive uma vida descrente de si e do mundo, a doença é ainda mais difícil de curar e é só mais uma tortura desnecessária. Foram três caixas de comprimidos de uma só vez. Eu estava na casa de um conhecido e minha irmã havia saído para comprar frutas e pão no mercado, no caminho da volta disse ter encontrado alguém e achou que não havia mal algum em tomar sorvete com o cartão de crédito de mamãe. Chegamos os dois em casa juntos por volta das sete da noite, vi a porta do quarto fechada e achei que mamãe dormia, mas não achei que dormiria por tanto tempo. Já estava morta havia quase uma hora quando resolvemos abrir a porta e espiar.

— Vamos embora — eu disse.

— Mas e o enterro? — ela respondeu perguntando.

— Não faz diferença, a tia não virá, está viajando, e... já vimos o bastante.

Ela concordou um pouco magoada, os olhos embotados de lágrimas. Levantou-se com certa dificuldade, as pernas provavelmente estavam dormentes pelo tempo que se manteve abaixada. Saímos dali. Tinha parado de chover, descemos por outro caminho até o portão de trás do cemitério, um portão ainda mais antigo do que o principal e que, ao contrário deste, que abria a boca para devorar a rua e o mundo dos vivos, dava para uma curta estradinha de terra e um matagal espesso, como se defecasse a morte no mundo, uma morte já transformada em vida pelos processos de decomposição que adubam a terra, uma morte que é indispensável para a vida, vida esta que, por sua vez, engole a inércia e faz dela movimento, um ser tão faminto quanto a morte. "*Imortais mortais, mortais imortais, vivendo a morte daqueles, morrendo a vida daqueles.*" Para onde ir agora, meu Deus? Eu com vinte e um e ela com dezessete, ambos com poucos amigos, nenhum lá muito íntimo que ousasse nos oferecer uma estadia durante algum tempo, sem parentes por perto, sem ninguém no mundo que não um ao outro, e nem nos gostávamos direito, juntos por força da convivência e da necessidade. Tínhamos um ao outro e era pouco, mais duas mochilas, algum dinheiro e poucos ou nenhum sonho. Quase mortos.

* * *

Já era tarde quando chegamos ao sítio, com o pouco dinheiro que nos restara compramos mantimentos que deveriam durar a semana toda. Cada um deixou suas coisas num quarto diferente. Praticamente não nos falamos desde a saída do cemitério e o silêncio começava a tornar-se um fardo difícil de suportar. A casa não estava desarrumada, estava exatamente da maneira como a havíamos deixado algum tempo atrás em nossa última visita. Mas algo certamente mudara, o ar talvez, o cheiro de mofo das paredes parecia mais marcante, alguma coisa havia se alterado e alterado aquele lugar por completo. Os móveis antigos e a poeira que neles se acumulara conferiam um aspecto sombrio ao local, a energia elétrica não estava funcionando e mal podíamos caminhar no interior sem esbarrar com aquelas paredes esquecidas ou com a escassa mobília. O chão, feito de tacos de madeira envernizados, rangia a cada passada, o que reforçava em nós a sensação assustadora que aquele lugar produzia. Em cada um dos três quartos, idênticos quanto à organização, havia um único quadro ao lado da janela, na parede oposta havia um armário e no centro uma cama. Deixamos desocupado o único quarto que possuía uma cama de casal e cuja porta era um esforço manter aberta, como se fosse a porta que dava para um mundo que nos era penoso demais lembrar. Como os quartos eram iguais, diferenciávamos cada um por seu respectivo quadro e a cena que representava, distinta de cada outra pintura da casa, todas feitas por papai muitos anos antes de nascermos. Meu quarto, como de costume, tinha representado um bosque de cores amareladas, como num daqueles outonos do hemisfério norte. Duas figuras escuras e borradas caminhavam lado a lado, próximas uma da outra, mas distantes do observador, em meio a grandes árvores. Talvez este quadro seja uma de minhas mais antigas memórias, lembro-me dele desde que pela primeira vez o vi, colorindo, de quando em quando, as minhas lembranças com o tom lúgubre daquele amarelo amarronzado meio morto, meio vivo.

Me ajeitei muito rapidamente, tomei um banho gelado à luz da lanterna do celular, peguei um pão com manteiga e queijo e fui me sentar, num movimento que se repete toda vez que aqui estou, na cadeira da varanda para mastigar aos poucos e pensar no dia que passara. A noite não era escura, mas também não era clara o suficiente para permitir à vista distinguir as árvores da frente da casa, uma mangueira enorme e uma goiabeira, as duas tão velhas como a própria terra que lhes sustentava. Entre troncos, folhas e galhos, viam-se as luzes que iluminavam a rua de terra batida e os terrenos dos sítios vizinhos. Embalado pela angústia que aquele mundo sempre me trouxe, pela melancolia de ser quem sou, pela saudade de ser quem fui, aos poucos comecei a me perder pelos vapores da memória, pelos caminhos labirínticos de uma existência particularmente sofrida, e devanear acima de um tempo passado que não conhecia passados. Minha vida outrora teve gosto de manga, o mundo variava entre o profundo azul do dia e o negro impossível da noite numa regularidade absoluta, mas que não dava o menor espaço para a sensação de repetição. Todo dia era um novo dia e toda noite era uma nova noite, como se noite e dia acontecessem pela primeira vez todas as vezes. E hoje? Tudo parece tão igual, tudo no mundo é idêntico e tudo no tempo se repete, tudo marcado por um tom de cinza-escuro que raramente aparece no céu de verão, mas que incessantemente preenche a alma. Meu Deus, o que foi que perdi?

Por um bom tempo fiquei sozinho mastigando e lembrando sentado naquela cadeira. Foi então que ela veio e se sentou no banquinho ao meu lado.

— Quer um cigarro? — perguntou.

Ela tinha dezessete anos e eu vinte e um, só agora, com esta pergunta, pude me dar conta de tal coisa. Nunca pensei ter a idade que tenho. Quando foi que nós, as duas crianças estúpidas e emburradas, crescemos? Em qual parte do caminho nos perdemos de nós mesmos? Eu, que ainda me sentia como aquele rapazinho, e ela, que para mim ainda era aquela menininha loira de macacãozinho jeans, de olhinhos claros e constantemente chorosos, onde foi que nos perdemos? Eu sabia que ela também havia se perdido na estrada do tempo e que estava muito confusa com aquela adolescente que fingia ser ela. Mas que talvez fosse mesmo ela... E talvez eu fosse mesmo eu...

— Não, obrigado. Me dá um gole dessa cerveja aí.

Por que compramos cerveja?

Ela pegou um copo e encheu, segurando a lata com a outra mão.

— Sabe... Acho que amanhã vou no centro espírita aqui perto, aquele que a mamãe ia, eu estou... — hesitou um pouco — sozinha, confusa, sei lá. Você deveria ir.

Não respondi.

— Por quanto tempo vamos ficar aqui? E, aliás, que dia é hoje? — ela perguntou.

Não respondi outra vez.

— Você vai querer ir comigo no centro amanhã? Não sei se aguento ir sozinha...

Eu estava ficando irritado, gratuitamente como sempre que estava com ela. Não pude me conter.

— Não sei e não sei, hoje é um dia como os outros e ficaremos aqui até amanhã, até depois, até o ano que vem!... Talvez me enterrem aqui com quarenta e nove anos e um câncer de pulmão — dei um tapa no cigarro da mão dela.

"*Um dia, nascemos, um dia, morremos, no mesmo dia, no mesmo instante, não basta para vocês? Dão a luz do útero para o túmulo, o dia brilha por um instante, volta a escurecer.*"

Por que essa maldita vem me torturar com perguntas e fumaça enquanto eu penso nos dias com gosto de manga e nas criancinhas lindas e bobonas que fomos? Tudo na memória agora fede a espiritismo, que tem cheiro de casa mofada, cigarro barato, de gente velha e cansada.

— Que merda! — ela se levantou, me empurrou o ombro e entrou dentro de casa emburrada, chorando.

Por que fiz aquilo?

— Ou! Desculpa, eu... eu estou meio estressado, senta aqui de novo! — gritei porta adentro.

Pouco depois ela voltou, sentou-se, acendeu outro cigarro e não falou comigo. Olhei para ela por algum tempo, quieto, dei mais um gole na cerveja.

— Por que você acha que ela se matou? — após um longo silêncio, ela perguntou, observando a fumaça descrever arcos no ar enquanto aguardava minha resposta.

Me assustei com a questão, pego de surpresa que fui, e respondi hesitante:

— Eu não sei... Mas essas coisas são complicadas. Talvez se a gente soubesse o porquê acabaria fazendo igual.

— Para com essas besteiras, estou falando sério! É estranho para mim, tudo corria tão bem depois que ela voltou do hospital...

— Mas você não se lembra que também foi assim até ela pular da janela?

— Eu sei, eu sei... mas você sabe como ela parecia mais uma morta feliz do que uma pessoa depois daquela facada. Mas da segunda vez foi diferente. Ela me parecia tão viva, sua voz, seus olhos... era como se as coisas tivessem se resolvido, como se ainda tivesse uma vida inteira pela frente.

— E talvez tenham mesmo se resolvido... Ela não tinha mais medo. Desde a primeira vez a mamãe sabia que morreria assim, eu acho, mas tinha medo. Pular daquele prédio tosco do terceiro andar? Ela sabia que não iria morrer, ou pelo menos queria morrer, mas tinha medo de pular de mais alto. Quando caiu lá embaixo, o medo é que havia morrido, e não ela.

Ficamos em silêncio por uns bons minutos, uma corrente de ar fresco nos fazia encolher um pouco e cruzar os braços, os olhares distantes, como se não pudéssemos mesmo nos entreolhar e esboçar qualquer compaixão pelo sofrimento um do outro.

— A gente precisa mesmo dessas coisas — ela disse baixinho.

— O quê? — perguntei.

Um pouco surpreendida, como se houvesse pensado algo para si mesma e alguém lhe roubasse as ideias, me respondeu:

— Do medo e da dor, sei lá.

— Do medo da dor. Metade do mundo já estaria com uma bala na cabeça, um revólver na mão e uma carta de suicídio na outra, se não fosse assim.

— E a outra metade estaria vivendo feliz?

— Não, a outra metade estaria numa igreja e só estaria viva porque tem medo de Deus.

"*O homem não tem feito outra coisa senão inventar um Deus para viver sem se matar.*"

— E você, estaria vivo ou morto?

Ri um pouco e respondi:

— Eu estaria deitado na minha cama dormindo, provavelmente.

— Então você acredita em Deus?

— Eu não acredito nem em mim — ri de novo. — Na verdade, eu não teria nem nascido.

— Você é estranho — e deu uma tragada no cigarro. — Eu tenho medo.

— Do quê? Da dor?

— Não. De você, dessas ideias.

Pensei um pouco, realmente era de se preocupar que alguém tivesse tais ideias acerca de si próprio.

— Eu também tenho — respondi.

Ficamos em silêncio.

A noite avançava, nas casas próximas as luzes iam se apagando uma a uma. Tudo que eu queria, naquele momento, era continuar ali, quieto, alheio.

— Já é meia-noite, vou dormir.

Olhei no celular, era meia-noite em ponto.

— Vou daqui a pouco — respondi.

— Boa noite — ela disse e entrou.

— Boa noite.

Eu estava completamente sem sono, os dois últimos dias, ou mesmo os últimos tempos, já se pareciam demais com uma noite maldormida, com um pesadelo, com uma insônia. A noite passou a ser melhor do que o dia, mais fresca, mais leve, mais rápida. Quando criança, eu preferia o dia. Quando criança, eu preferia a vida. Não importa.

Papai. Me lembrei do quão pouco eu me lembrava dele. Já faz algum tempo que ele morreu, dois ou três anos, quatro, talvez. O que é o tempo quando se trata de uma perda incontornável para todo o sempre, o que é o tempo quando tudo é dor e o futuro é uma porta fechada? Passávamos muito tempo juntos, foi meu melhor ou, talvez, único amigo, vivendo comigo meus melhores e únicos dias felizes, dias que não voltarão com ele os trazendo nas mãos, nos sorrisos, nas palavras e ternuras de pai. Engraçado mesmo é que naqueles momentos nunca senti que fossem assim tão relevantes os minutos e os segundos. Talvez resida nisso a felicidade, na inconsciência do tempo e das coisas. Ah! Como eu queria lhe encostar a cabeça ao peito e dizer o quanto dói! Ele entenderia tudo, me abraçaria e talvez chorasse comigo.

Não tivemos tempo de nos preparar para a morte dele. Um dia, uma dor de garganta, no outro, hospital, e no outro, pronto, acabou-se. Morrer é fácil demais, a vida é mesmo uma sombra, um vulto. "*A vida é apenas uma sombra ambulante, um pobre cômico que se empavona e agita por uma hora no palco, sem que seja, após, ouvido.*" Eu tinha que ir dormir, pensar nele nunca foi muito confortável e, naquele momento, era quase intolerável.

Me levantei, abri a porta de casa com cuidado e entrei, estava escuro. Como não havia luz, acendi a lanterna do celular e andei até o primeiro quarto. Entrei e me sentei na cama ao lado da mochila. Os remédios, eu precisava dos remédios. Como achar esses malditos comprimidos jogados entre todos os meus pertences? Tudo o que eu tinha se resumia a uns bons livros (os únicos que pude trazer) e pouca roupa, o resto optei por deixar para trás por força de imaginar que junto com aquilo também ficaria o meu passado. Ah, os livros... O quanto de mim não era literatura? Eu que nem sabia o que em mim era eu e o que em mim eram letras, versos, páginas e páginas e páginas... Frequentemente me pegava pensando e adequando personagens ao mundo e à minha própria história. Talvez eu mesmo seja uma personagem. Quem é mais verdadeiro, o homem de carne e osso ou a personagem? Menos reais, as personagens, porém mais verdadeiras. Merda! Os remédios!

Com os comprimidos na mão, me senti naquele instante como mamãe. Que era melhor fazer? Tomar tudo de uma vez e morrer ou tomar mesmo só o suficiente para dormir? *"Ser ou não ser — eis a questão. Será mais nobre sofrer na alma pedradas e flechadas do destino feroz ou pegar em armas contra o mar de angústias — e, combatendo-o, dar--lhe fim? Morrer; dormir; Só isso. E com o sono extinguir as dores do coração e as mil mazelas naturais a que a carne é sujeita; eis uma consumação ardentemente desejável. Morrer — dormir — Dormir! Talvez sonhar."*

Num gesto rápido, engoli um único comprimido, o suficiente para dormir uma noite. Que amanhã fosse outro dia, que amanhã talvez fosse outro dia, não importava, o importante era que não fosse mais o mesmo dia e que não mais fosse noite todos os dias. Dormir, era necessário dormir...

"Dorme, criança, dorme,/ dorme que eu velarei./ A vida é vaga e informe,/ o que não há é rei./ Dorme, criança, dorme,/ que também dormirei./ Bem sei que há grandes sombras/ sobre áleas de esquecer,/ que há passos sobre alfombras/ de quem não quer viver;/ mas deixa tudo às sombras,/ vive de não querer."

A mentira

"Se, quanto mais normal, sadio e feliz é o homem, tanto mais pode ele [...], com sucesso, reprimir, deslocar, negar, racionalizar, dramatizar-se a si e enganar aos outros, então se segue que o sofrimento do neurótico provém [...] da dolorosa verdade [...] Ele sofre, não devido a todos os mecanismos patológicos que são psiquicamente necessários para viver e benéficos, mas pela recusa desses mecanismos, que é justamente o que o priva das ilusões importantes para viver. [...] [Ele] está psicologicamente muito mais perto da real verdade do que os demais, e é disso exatamente que ele sofre."

Otto Rank, *Will therapy and truth and reality*

Há vinte e três anos trabalho como voluntário num orfanato. Lidar com relatos complicados e comoventes é uma tarefa quase cotidiana. Nunca fui de narrar para outras pessoas qualquer coisa que se passasse dentro da instituição, mas eis-me aqui, prestes a lhes contar, se não a mais triste, ao menos a mais interessante das histórias. Faço-o talvez para libertar-me do peso que é ter sido testemunha de tudo o que aconteceu. Preciso de outros ombros que me ajudem a carregar tal fardo. Faço-o também porque preciso compreender uma carta que hei de compartilhar com vocês, é ela a parte mais importante de tudo isto. Hei de lhes contar, de maneira geral e com poucos pormenores, a história de Juan Jorge, um garoto que chegou e trouxe problemas tanto para si quanto para os outros que com ele conviveram. Conto-lhes a história de Juan para que vocês, assim como eu, fiquem confusos quanto à carta deixada pelo menino antes de... antes de terminar com a própria história. É preciso saber quem era ele para ler suas últimas e intrigantes palavras.

 Juanito, como a princípio lhe apelidamos, chegou ao Lar para Crianças Carentes Santa Luzia em 2001. Era ainda um bebê de poucos meses. O pobre coitado foi encontrado quase sem vida numa caixa de papelão meio úmida, forrada por cobertores, à margem de um córrego da periferia da cidade. Um mendigo encontrou-o enquanto vagava no matagal próximo a tal curso d'água. A sorte foi fator decisivo em seu caso, pois quase ninguém passava a pé por lá devido à sujeira do local. O indigente disse ter ouvido um barulho longínquo e abafado, e a princípio pensou se tratar de um gato ou qualquer outro bicho. O barulho, segundo o mesmo indigente, que acabou por visitar-nos algum tempo depois para ver o garoto, persistiu e, por fim, o homem conseguiu distinguir um choro entrecortado e triste. O choro logo parou, mas ele, em alerta, pôs-se a procurar pela fonte dos grunhidos. No final das contas, encontrou o menino e o levou até a portaria de um condomínio próximo para que os funcionários chamassem as autoridades.

Assim Juan foi encontrado e encaminhado ao orfanato. Chegou bem fraquinho, talvez tenha passado mais de um dia abandonado na caixa à beira do córrego. A umidade do local, os insetos, o cheiro ruim dos detritos lá despejados, tudo isso contribuiu para a piora do estado do garoto. Ainda bebê, sua constituição física pouco apontava para uma vida saudável. A respiração era fraca e descontínua, a pele pálida como a de um anêmico, magrinho como jamais vi outra criança. Nas primeiras semanas sob nossos cuidados, quase nada era certo acerca de seu destino, tampouco se sobreviveria.

Mas sobreviveu, e os anos se passaram. Aos poucos, o corpo do rapazinho adquiriu certa "suficiência". "Suficiência" porque sua melhora não chegou a lhe conferir vigor, era exatamente o suficiente para que não morresse de repente por qualquer razão, por uma gripe qualquer. Continuaria sempre a ser o menino enfermiço que nos chegara anos antes. Aos seis anos de idade, quase não falava, não interagia com ninguém, nem com seus cuidadores, nem com seus colegas, estava sempre à distância da movimentação. Não conseguia correr, rapidamente se cansava quando o fazia por um motivo ou outro. Nas aulas ministradas pelas freiras da instituição, ao menos nelas, mostrava-se interessado pelas letras, palavras e livrinhos coloridos. Desde pequenino sua paixão mais evidente foram os livros, e tal paixão talvez seja a única explicação para o estilo da carta que escreveu. Mas não nos adiantemos. Como crianças em tais condições, expostas aos mais diversos traumas, costumam mesmo ser mais retraídas, embora haja não poucas exceções, não dispensamos para Juan Jorge mais atenção do que normalmente prestamos aos outros pequeninos, também bastante problemáticos.

Com dez anos, porém, as coisas foram se tornando difíceis de ignorar. Juan ainda não falava bem, não interagia com uma pessoa sequer, sua linguagem limitava-se a rápidas e medrosas olhadelas. Seu humor era sempre aborrecido, andava para todos os lados com a cara emburrada, como se alguém houvesse batido nele. Mas, embora não se comunicasse com os outros ao redor, cada vez mais se afundava nos livrinhos e revistas em quadrinho, coisa um pouco estranha para crianças em sua faixa etária. Fugia das aulas e ninguém podia encontrá-lo até o anoitecer, quando retornava de suas incursões solitárias pelo vasto terreno do orfanato. Mais preocupante ainda era sua postura diante dos outros órfãos. Três ou quatro vezes agrediu algum pobre menino que, identificando-se com Juan sob a luz da solidão, e acreditando que isso faria deles possíveis camaradas, tentou se aproximar de sua companhia. Quando outro garotinho dele se aproximava, rapidamente nos fazíamos atentos, tanto por precaução quanto por torcida para que as coisas dessem certo. A princípio, Juanito dava a todos certo espaço, parecia até querer alguma coisa, algum amigo, brincava um pouco. Mas, invariavelmente, minutos depois, agredia os coleguinhas com um ataque de violência e brutalidade súbitas, desproporcional ao que acreditávamos ser possível para uma criança de dez anos de idade. Durante esses ataques, mantinha o rosto impassível enquanto batia no colega, diria-se até estar possuído por alguma força sobrenatural.

Começamos a supor que não se tratava de uma condição meramente ambiental, mas era difícil saber. Jorge não era autista, apesar de seu distanciamento; era assim por vontade própria e consciente de si. Era estranho. Eu mesmo tentei me aproximar dele algumas vezes, ao que sempre fui correspondido com um silêncio ao mesmo tempo maldoso e irônico. O garoto parecia zombar de todos intimamente, olhava com desprezo para as atividades que lhe eram propostas. Coisa engraçada é que saiu das dependências da instituição duas vezes no máximo até os seus doze anos. Como o espaço era grande, distantes que estávamos do centro da cidade onde tudo é menor, todas as crianças se sentiam suficientemente livres por ali, e Juanito não era exceção. Porém, as outras crianças também demonstravam um interesse enorme em procurar saber o que havia para além dos muros, dos pomares, da nascente que corria por detrás da casa principal. Juan, ao contrário, sentia-se muito bem ali e se escondia toda vez que era proposto um passeio até a cidade. Afinal, o desprezo do garoto não poderia então ser por nossas limitações, pois era também ele um encarcerado. Mas penso que ele nos desprezava por conta de outras fraquezas...

Quando Jorge fez doze anos, uma psicóloga, há muito esperada, chegou ao Lar Santa Luzia. Sandra era seu nome. A mulher ficaria por algum tempo trabalhando conosco, não se demoraria mais do que dois anos, pois haveria de ser substituída ao fim de seu contrato com a prefeitura, que bancava alguns dos custos da instituição e que por um motivo ou outro exigia que sempre se trocassem os profissionais. O trabalho de assistência até ali sempre havia sido feito por voluntários ou por funcionários sem especializações, pessoas com senso de caridade que em alguns casos de fato eram suficientes para ajudar. Com a psicóloga, as coisas mudaram pouco em seu aspecto mais geral, mas um caso em particular foi de tremendo sucesso. Pouco a pouco, a moça começou a dar atenção para o "problema Jorge", como até nós passáramos a chamá-lo após as outras crianças o terem apelidado. Aprendendo a lidar com as sutilezas do garoto, criou com ele laços de amizade profundos. Ela fez das limitações passos de dança; das dificuldades, obras de arte; dos bloqueios, aprendizados. Quão melhor as coisas não se tornaram para ele e para nós durante o tempo em que ela esteve no abrigo. A moça passou a trazer os mais diversos livros para o pequeno. Os limites do mundo de Jorge se expandiram, ele mesmo se expandiu, fez-se mais próximo das coisas do mundo, saiu de dentro de si. Estimulado pela psicóloga, passou a escrever, e mostrou-se extremamente hábil com a linguagem. Num de seus caderninhos, um vermelho e encardido que estava jogado debaixo da cama ao lado da já mencionada carta, encontrei este poema, que me apavorou, e que não sei quando foi concebido, mas que acho justo transcrever:

> *"Tua maldita alma será doente*
> *E tu não há de encontrar a cura!*
> *Tua dor será aguda e insistente*
> *E tua vida eternamente dura!"*
>
> *Tal condenação caiu sobre mim*
> *E fez da existência uma doença*
> *Que, do início até o distante fim,*
> *É perene dor e ardente desgraça!*
>
> *Sou eu por inteiro desespero!*
> *Filho legítimo de mau agouro,*
> *Tudo o que digo é "Sofro! Sofro!"*

Pudesse minha sina ser aliviada
Pela piedade do veneno ou da espada!
Ah! Minha morte, por que tanto tarda?

Juan começou a abrir a boca com mais frequência, passou a conversar com os outros como se para ele aquilo fosse desde sempre a coisa mais natural do mundo. E, enquanto Sandra aqui esteve, até com os outros garotos o rapaz resolveu se abrir, ainda que com certa reserva, é claro. Foi sua melhor época. Até sua constituição física pareceu melhorar. A pele pálida ganhou uma tonalidade mais morena, seus lábios secos e rachados foram se tornando mais suaves, até os olhos cansados pareciam mais atrevidos.

Uma surpresa ainda nos foi confidenciada pela moça. Disse que, certo dia, quando encerrava as atividades com as crianças, Juan, com treze anos então, aproximou-se dela e a puxou pelo braço. Puxou umas duas vezes sem nada dizer, até que foi questionado quanto ao porquê de estar fazendo aquilo. O garoto respondeu simplesmente com a pergunta: "Você quer ser a minha mãe?"

Ora, todos os tormentos, todos os sintomas, todas as manias, tudo em Juan poderia girar em torno dessa angústia básica da ausência de uma mãe. É o que suponho, e o que talvez vocês mesmos confirmem depois da leitura da carta. Era um rapaz sozinho e sofrido. Se não tinha mãe, não teria mais ninguém. Foi só reconhecendo em alguém a figura perdida da mãe que pôde se libertar por um momento.

Quando do aniversário de catorze anos de Jorge, Sandra foi embora. O impacto foi imediato. O garoto novamente se trancou em si próprio, tornou-se taciturno, adoeceu repetidas vezes, enfraqueceu. Mal comia e se desviava de qualquer possibilidade de convivência. Ninguém mais, desde então, teve acesso a ele. As coisas foram se tornando piores do que antes, passou a desenvolver hábitos estranhos, pouco compreensíveis e até assustadores para nós. Passeava pelos corredores escuros durante a madrugada enquanto todos dormiam e, com isso, causava a maior dor de cabeça para os monitores. Quase sempre era pego às três da manhã, sentado num canto qualquer, com um livro fechado nas mãos, fazendo barulhos com a boca. Começou a cortar as próprias sobrancelhas, riscava-se inteiro com caneta, gritava quando todos estavam calados. O único hábito que mantivera e que remetia aos tempos mais tranquilos fora a leitura. Devorava livros inteiros com que nós, aliviados por algo despertar sua curiosidade, o presenteávamos. Eram livros adultos, romances de grandes autores, clássicos, livros de filosofia até. Gostava também de jornais. Seus momentos de sossego eram as horas de leitura — fora isso, mal dormia, mal comia, mal vivia. A leitura tornou-se o refúgio daquele ser sofrido e estranho, tornou-se o lar que ele nunca teve de verdade. É engraçado lembrar que todos no abrigo tinham sentimentos mistos para com ele, um pouco de raiva, um pouco de culpa, um pouco de pena, um pouco de medo... O resultado era quase sempre uma certa piedade e uma falsa sensação de proximidade.

 A história ainda daria outra vez uma guinada quando de seu aniversário de dezesseis anos (simbólico, pois nunca foi possível saber sua verdadeira data de nascimento). Os hábitos estranhos agravaram-se, tornou-se apático e mais distante do que nunca de todos. Ao receber de presente um belo livro comprado por uma das cozinheiras, cuspiu-lhe no rosto e não disse nada, largou o livro no chão, deu meia-volta e foi embora. Logo após o incidente, encontrei-o chorando na própria cama. Quando me aproximei para tentar falar com ele, pôs-se a rir e a me chamar de "enganado", pois eu estava enganado a respeito dele. Talvez estivesse, mas penso que fui o que mais próximo chegou de compreendê-lo. Começou a emagrecer muito, pegou uma pneumonia que só a custo iria curar. Não satisfeito com sua total degenerescência, passou a se machucar. Com o lápis, furava a parte de trás das mãos, rasgava a pele dos pulsos com as unhas, mordia a si mesmo. Por que tantos comportamentos anormais? O que deveríamos fazer a respeito? Internar o garoto em outra instituição, desta vez, porém, uma para doentes mentais? Certamente não seria muito melhor para ele, mas para nós. Abandonou a leitura, e certo dia foi pego fazendo uma fogueira com os livros que possuía. Fui eu, novamente, quem o encontrou neste dia. Da janela da cozinha, pude ver a fumaça subindo por detrás das árvores do pomar, ao que suspeitei se tratar de alguns garotos traquinas fazendo fogueira. Saí apressado do edifício principal e caminhei até o pomar. Lá estava Juanito, de pé, olhando fixamente a pilha incandescente. Me ouviu chegar, mas não reagiu. Não lhe dirigi uma palavra sequer e, com um pote d'água, apaguei as chamas. Ele continuou lá, imóvel, encarando a fogueira extinta. Seu rosto tinha a mesma expressão de quando antigamente batia nos colegas. Não insisti, voltei para os meus afazeres sem lhe dignar mais atenção, era inútil. Um grito veio do local da fogueira. Voltei correndo e ele ainda estava lá, parado.

Sem a leitura, passou a ocupar as horas vagas encarando o teto deitado na cama, passava dias inteiros assim. Só saía do quarto nos horários de aula, e não para ir a aula, mas para se esconder nos arredores do pomar. Sua situação inquietava a todos, passou a dormir num quarto separado porque os outros meninos tinham medo de que ele pudesse machucá-los. Como último recurso, tentamos uma consulta ao psiquiatra, consulta que já havia muito era adiada.

Como já lhes contei, Juan não saía da instituição com frequência. Tinha tremores só de ouvir dizer que seria levado ao médico. Foi necessária uma verdadeira operação para tirá-lo do quarto no dia da consulta. Eu e outros dois funcionários fomos incumbidos de levá-lo, nem que fosse à força, até o pátio onde o táxi esperava. Só depois de muito esforço conseguimos arrastá-lo para fora. A consulta, como era de se esperar, não durou muito. O médico não conseguiu de Juan uma palavra sequer, extremamente contrariado que estava por ser arrastado para fora de seu ambiente. Eu respondia pelo garoto a todas as perguntas. Fiquei mesmo até um pouco surpreendido com aquela situação toda, esperava ver o rapaz morrendo de medo do mundo e da cidade, o que não aconteceu de fato. A única reação que nos era possível perceber era sua indignação, nada mais. Sem medo, sem tristeza, pânico, nada. Na volta para o abrigo, passamos numa farmácia a fim de comprar os antidepressivos receitados pelo médico e que seriam pagos com as doações que recebíamos.

Os medicamentos pouco ajudaram e é necessário saltar daqui para as últimas consequências e para os últimos e mais relevantes fatos de toda essa caminhada aos tropeços. De pouca importância seria me demorar nas extravagâncias do rapaz, muito já se sabe sobre isso e acredito que vocês possam deduzir que nada de diferente aconteceu até o último dia. Afinal, como já disse, só lhes narro tudo isso porque me é indispensável fazê-lo. A história do menino, como vocês puderam notar, foi a maior confusão. Se para nós era um suplício, imaginem o quão difícil era para ele. Em diversas ocasiões (pormenores que, já disse, não hei de lhes contar), o sofrimento era visível em suas feições, condutas e hábitos. Se de pouco em pouco ele parecia deteriorar, beirando no final das contas a própria insanidade, então tudo apontava para um fim trágico. Mas nem eu pude prever o quão bruscamente as coisas acabariam. E eis que, na noite do dia de seu aniversário de dezessete anos, Juan Jorge se enforca com um lençol amarrado aos galhos da mangueira do pomar. A mangueira estava carregada de frutos maduros, um cheiro excessivamente doce pairava no ar. No chão, as mangas caídas fermentavam, saturando ainda mais o ambiente com um odor tropical. O céu era claro, a Lua cheia iluminava tudo feito uma lanterna. Na árvore, contrastando com, ou completando, o quadro, estava o corpo nu, inchado e pálido de Juan. Sua pele estava quase azulada, mas sob a luz branca do luar adquirira uma tonalidade cinzenta, idêntica à de quando chegou ainda bebê por aqui, dezessete anos atrás. O tempo se reencontra nas pontas da vida? Ninguém viu, ninguém ouviu, tudo feito no mais profundo silêncio, e só por acaso foi descoberto à noite, assim como só por acaso foi descoberto quando criança. Um dos monitores precisou sair para urinar, já que o banheiro de dentro estava trancado, e foi urinar justamente na mangueira onde estava o cadáver. A comoção por sua morte não foi tanta quanto foi impactante a cena de seu suicídio. Três da manhã e lá estávamos, fui o segundo a chegar, incrédulos, ainda que esperássemos tal desfecho.

 A princípio não procurei nem quis saber o significado de tudo aquilo. Mortes são mortes, morridas sobretudo. Mas não pude deixar de me desconcertar diante da descoberta da carta e do pequeno caderno, ambos dedicados à sua suposta mãe. Talvez o menino fosse mesmo louco, mas tenho a sensação de que, entre todos os que conheci, ele era o mais lúcido. Quantas noites sem dormir não passei tendo em mente esta carta, quanto não chorei! É para recuperar o sono que escrevo.

Para que vocês tirem suas próprias conclusões sobre Juan, deixo-lhes a carta transcrita exatamente como a original. Gostaria muito de poder copiar até mesmo as letras como foram escritas nos papéis A4 amarelos, letras suaves de traços sóbrios, uma caligrafia certamente bela. Não havia o menor traço de desespero ou de impaciência naqueles escritos, tudo feito com um capricho tal que suspeito que a carta tenha sido escrita um bom tempo antes de consumado o ato final de tão atormentada existência.

Sem mais delongas, tendo vocês ciência de quem era o autor das seguintes palavras, deixo-lhes a tarefa de julgar, de absolver ou culpar, ou ainda de se identificar com o pobre-diabo.

Para mamãe,

Minha querida, se tens este papel entre as mãos, então já não mais existo. Presumo certamente que choras, que tentas ler por entre acessos de soluços, que mal consegues distinguir as letras devido ao excesso de lágrimas que embotam teus olhos e te turvam a visão. É natural que assim seja, mas não te aflijas tanto, sabes bem que tua saúde não é compatível com tais acessos de emoção aos quais és tão dada. Leia com calma a justificativa de teu querido filho, pois esta carta é essencialmente isso: uma tentativa de absolvição diante de ti, única pessoa neste mundo merecedora de minha estima e de meu carinho e, consequentemente, o único júri ao qual, com alegria, eu me sujeitaria.

Para começar, saibas que não sou louco ou presa de uma grande paixão absurda e, se o fosse, qualquer uma das duas opções, estaria ainda vivo. Portanto não me matei por insensatez, como, provavelmente, as pessoas acreditam. Meu problema é de outra ordem. Não sou um suicida. É comum acreditar que só se matam os que desesperam, os que, com o desespero, galgam até os cumes da loucura e acessam os picos da doença. Mas não é bem assim que as coisas acontecem. O "matar-se" segue uma lógica tão fria que chega a ser decepcionante. De fato, é decepcionante que a experiência não possa jamais ser algo de delirante, exceto no caso de alguns doentes. O suicídio é a conclusão de um caminho a ser percorrido, tal como qualquer outra escolha relevante que se faça em vida, ele é a conclusão de uma série de premissas suficientemente claras para qualquer ser humano com um mínimo de discernimento. O suicídio é a conclusão de um argumento para si mesmo. Vês tu, então, que o suicídio nunca é obra de um suicida. O suicida é um apaixonado, ele se apaixona pelo absurdo e, por isso mesmo, nunca um suicida se suicidou. Só se mata aquele que não mais pertence ao mundo nem a lugar algum, que não se apaixona por mais nada. Mas vamos concluir, se o suicídio é fruto do raciocínio, se é uma obra de arte lógica que cresce no espírito, então aquele que se mata é o realista.

O realista é aquele que enxerga o mundo com a clareza de espírito que é própria dos homens mais distantes. O olhar do realista é suficientemente sóbrio para bem lhe permitir perceber as coisas tais como elas realmente são. Ele, o realista, conhece o silêncio que habita por debaixo das coisas, ele sabe que tudo que há de mais humano é vão justamente por se construir às margens deste silêncio. E é porque não há silêncio entre os homens que eu optei por me matar. Eis o aspecto social da questão. Ora, alguém outro dia me disse (ou li em algum lugar?) que o homem saudável é aquele que mais bem se engana, que mais habilmente dissimula suas dores, ou seja, que mais sabe mentir para si e para os outros. Que não é o homem saudável senão um louco tagarela? Um louco que se pavoneia no palco por um instante para depois sumir? Escondendo tudo por debaixo da barulhada que faz com a boca. Pobre coitado do homem sau-

dável! Mas, não fosse a tagarelice, poucos restariam para contar história, e, já que todos tagarelam, todos contam histórias para viver.

O silêncio, o silêncio... que dizer do silêncio sem cair em contradição, sem mentir para si? O melhor é não dizer nada e assim mostrá-lo tal como é. Sabes tu, mamãe, o quão doloroso é viver em silêncio? Não é uma questão de mera opção a partir do momento que se compreende. Não há sons para se fazer quando nada há para ser dito de sensato. O otimista e o pessimista se encontram justamente aí, ambos querem falar sobre o mundo. Quer falem bem, quer falem mal, ambos ainda pertencem ao mundo. O realista nada diz porque o real é insuperável, o silêncio fala mais alto do que qualquer grito, e a condenação do realista é ser abafado pelo silêncio. Ainda assim, o silêncio do homem sensato é um grito de angústia e revolta. O silêncio é um déspota, mas é também o mais raro amigo.

Que justificativa tinha eu então para continuar, se já tão calado estava? Continuam aqueles que algo têm para contribuir, os outros que se matem. Desde que, pela primeira vez, tive a intuição da mudez da verdade, desde então não pude deixar de fitá-la sem algum receio. A verdade, como o suicídio, nada tem de empolgante, muito pelo contrário. Sua forma é vazia e seu conteúdo, inaudível. Pensas tu, mamãe, que o que faço aqui é mera literatura, que é poesia, pensas assim só porque não viste (ou ouviste) com teus próprios olhos (ou ouvidos) o quão certo estou. Admito ser o ponto fraco de tudo quanto disse até aqui o fato de que não há meios para provar a verdade do silêncio senão por intuição pessoal. Ora, argumentar a favor do silêncio é fazer barulho, é ser burro. Mas saibas que teu Deus, tuas crenças, teu cotidiano, tuas paixões são barulhos para ocupar os ouvidos e nada mais; é para ficar longe do silêncio que o homem vive, e ele só vive na medida em que o faz.

Voltemos ao realista. Ele é uma contradição viva. Não pertence mais ao mundo exatamente porque viu todas as regras do jogo. Quanto mais fundo desce na existência, mais descobre que a superfície é tudo que existe. Quanto mais próximo está da verdade, mais distante está de todos. Para onde ir quando nada mais é certo, quando tudo é avesso? A pergunta não faz o menor sentido. É uma questão de estilo. Pode-se muito bem viver, tanto quanto se pode muito bem matar-se.

E eis-me no ponto crucial de minha tediosa e insensata excursão de escrever para ti uma carta de suicídio. Aqui é que tu deves julgar-me. Me matei, então, por fraqueza, pois, já que se pode viver ao lado do real, então o que se mata é um fraco? Ou me matei por estar justificado para tal e, consequentemente, por coragem? A dificuldade da questão é apenas aparente. Digo-lhe que o homem é um bicho assustado, e tudo gira em torno do medo. Nem o que vive o faz por coragem, nem o que morre, ambos são covardes. O primeiro, quando se trata do realista, é covarde porque chegou à certeza da falta de sentido extrema de si mesmo e de sua própria desdita e, mesmo assim, não ousou saltar para a conclusão que é a morte. O vivo é um fraco diante da morte e, portanto, não é corajoso quem fica. Já o morto, aquele que se mata, este também não figura entre os mais dignos heróis que a raça humana produziu. Ele que se matou só se matou por ser um incapaz, um incompetente para lidar com as verdades próprias da vida, com a absurdidade do silêncio, com o alheamento aos outros homens. Matando-se, testemunha contra si próprio, admite-se fraco. O morto é um cagão diante da vida. Do homem comum nem vale a pena falar, tão patético é, de olhos tapados para tudo que possa incomodá-lo.

Vês tu, mamãe, que ao mesmo tempo lhe provo dois pontos. O primeiro é que não sou nem louco nem apaixonado, como já disse antes, porque tenho total consciência das questões que me envolvem. Meu gesto, antes, meu salto, só foi dado depois de demorada meditação, embora não sem grandes sofrimentos. O segundo ponto, e talvez o ponto mais contraditório de todos, é que de forma alguma fiz o que fiz por he-

roísmo. Não sou herói nem para mim mesmo, já que não podia acreditar estar sendo corajoso ou agindo corretamente. Se não havia justificativas nem para uma escolha, nem para outra, e se era indispensável escolher, então ambas só poderiam ser efetivamente um salto. Viver é um salto, morrer é outro. Só ao saltar fui irracional, mas, ainda assim, tal irracionalidade só existe às custas da lógica e da razão, que não podem passar sem conclusões. O salto é a conclusão.

Falo muito, mamãe, e assim acabo por me aborrecer e a ti provavelmente. Se minha descoberta é o silêncio, então faço aqui papel de tolo. Mas vês que finalmente falei contigo sinceramente como me pedias? Ser sincero é silenciar, e, além disso, as letras são mais sutis do que os sons, então é mais fácil para mim. Se ainda choras, sugiro que releias desde o início, porque até aqui nada compreendeste. Já tens o que necessita para julgar meu ato, mas tenho certeza de que não o farás, e se, de fato, não o fizeres, é porque me compreendeste. Teu filho se foi por saúde, a doença dele só existia para os outros, para os "comuns". Os comuns vivem uma vida saudável sustentados pela doença. "Os homens são tão necessariamente loucos que não ser louco é uma forma de loucura!" Aquele médico que visitei pouco tempo atrás, não te enganes quanto a ele, era um mero emissário da Religião dos Comuns. Sem a Igreja para esconder-lhes o silêncio, os comuns correm logo aos montes para o Consultório. Sua hóstia não é mais pão e vinho, é paroxetina, clonazepam, alprazolam, venlafaxina etc. O corpo de Cristo é tarja preta. O médico é o novo padre. Infelizmente, não sou chegado às soluções religiosas, como tu bem sabes e tanto me reprovas, e, se o fosse, estaria ainda aqui e esta bela carta não existiria.

Por último, algumas observações à guisa de complemento e de réplica a possíveis objeções. Se eu te fiz sofrer, e tu crias não merecer, a isto respondo que ninguém merece nem desmerece nada, também por isso me matei. Se pensas que sou um ingrato, respondo-te muito simplesmente que jamais pedi para nascer, resposta que, se observada a fundo, não faz sentido algum, mas que ao menos me desliga de qualquer obrigação para contigo e, também, acredito que possas adivinhar... por isso me matei.

Mamazita, amei-te na medida em que é possível amar alguém e, se não for de forma alguma possível, meu amor por ti foi minha única ilusão. Admitir aqui a ilusão desfaz o engano, amar é real. Ora, então algo mais existe que não a monotonia do silêncio, e, assim, o destino do homem é viver. Mas descobri tudo isso muito tarde e já estava cansado de refletir encarando as paredes. Talvez tudo não passe de um engano, talvez tudo que senti e disse esteja, de fato, errado. Me matei pelo silêncio e fiz a maior barulheira. Até morrer é contraditório, e também por isso me matei.

Mamãe, és tu minha última ilusão, a única que não fiz questão de abolir, foi tu quem atrasou tanto meu destino. Por ti vivi quando me abandonaste, se é que de fato existiu. Mas tu continuarás e eu partirei. O silêncio, queira ou não, é teu companheiro, a tragédia mora ao lado. Vive como não vivi, faz de minhas palavras uma escada para tua própria realização. Se discordares de tudo, atira estes papéis ao fogo e lembras de mim com mágoa e desprezo, mas, sobretudo, não me esqueças. Pois tu és o último eco de minha já rouca voz, depois de tu, seja lá quem tu realmente fores, tudo o que me resta é o silêncio.

Com amor (ou ilusão),

Juan Jorge

A paixão ou Os dois

"Os olhares se encontram
E por dentro cada corpo grita
Desejando uma união infinita
Entre os dois seres que se amam.

O espaço é um abismo intransponível!
Fôssemos duas almas suspensas apenas
Absolutamente livres para as ligações plenas
E superaríamos da carne o cárcere impossível!

Rasga-te ao meio, peço-lhe o favor!
Que mais potente que tal dor
Só mesmo a distância descoberta pelo amor.

Cole nas minhas as tuas entranhas partidas
Cicatrize comigo todas as feridas
Fundidos num só corpo até o fim de nossas vidas!"

Ela, com uma sensualidade esguia, com um encanto todo premeditado que lhe adiantava os passos e os movimentos sutis do corpo, como que flutuando pelo corredor escuro, guiava-o pelos caminhos por ele desconhecidos daquela casa. Ele, meio sem jeito, de uma maneira de todo contraditória à dela, movimentava-se aos trancos e tropeções para acompanhar o passo firme da figura à sua frente. Não desgrudava (não podia e não conseguiria, mesmo que pudesse) o olhar daquele corpo feminino liderando-o e arrastando-o por veredas para ele desconhecidas e um pouco assustadoras. "Onde fui me meter!", pensava, tentando conter a hesitação que se apoderava dele. Todos os cuidados que procurava tomar pareciam condenados aos tropeços não premeditados. Ele, que não se considerava coisa alguma, sentia-se ao mesmo tempo um pobre-diabo e um bem-aventurado, o mais miserável dos pobres--diabos, o mais feliz dos bem-aventurados. Ela, que se considerava alguma coisa, concretizava a si mesma a cada passo, fazendo do espaço a tela onde havia de pintar sua arte utilizando o próprio corpo como pincel.

Conheceram-se há pouco, no bar ao lado da faculdade onde ambos cursam cursos distintos. Verdade seja dita, não se conheceram no bar, já havia muito os olhares dos dois se cruzavam, por vezes curiosos, por vezes admirados, por vezes provocantes... Tantos eram os olhares que já se conheciam muitíssimo bem. Não tiveram hoje um bom dia, nem uma boa semana. O mês não era dos melhores e concordavam que o ano havia sido ladeira abaixo desde o réveillon. As constantes desilusões e o inexorável passar do tempo imprimiam-lhes nas almas uma sensação de vazio que urgia por ser preenchida pelo que quer que fosse, por álcool, por mais desilusões, por mais envelhecimento, por mais angústias, por um alguém... Os olhares eram tentativas desesperadas de dois alguéns procurando por alguém que de novo lhes olhasse. Apesar de tudo, eram jovens. Ou pensavam ser.

Embora a noite apenas começasse a se instalar sobre a cidade, com o céu azul lutando contra a amplitude da escuridão da abóbada urbana, o bar já estava cheio, as calçadas ocupadas por mesas e fervilhando de estudantes que entravam e saíam do estabelecimento com garrafas de cerveja nas mãos e cigarros na boca, num frenesi de vícios que não eram dos mais abomináveis, um tanto pueris até, embora não deixassem por isso de serem vícios. O animado som das conversas disputava com o som dos carros transitando pelo asfalto. Ela chegou antes dele, logo se instalando com duas amigas numa mesa um pouco afastada, montada na calçada ao lado do muro de uma casa. Todas, inclusive ela, fumavam e bebiam. Não trocavam entre si muitas palavras, quebrando o silêncio do som externo somente para fazer comentários sobre os rapazes dignos de sua atenção conjunta, nunca sobre os dignos de uma atenção em particular. "Onde fui me meter!", pensou ela, enquanto notava em si própria um desconforto por aquela situação que se repetia todos os finais de semana do período de aulas. Reuniões vazias com pessoas que não eram vazias, mas que não se davam ao trabalho de abrir o conteúdo de seus corações para com as colegas de classe. Perdia-se em reflexões interiores, goles de cerveja e tragos de cigarro. Quase não notou quando ele passou ao lado da mesa que ocupava e dirigiu a ela um rápido olhar acompanhado de um sorriso inédito. Ela sorriu de volta automaticamente, sem muita reflexão sobre a significância do gesto. As amigas não deixaram de notar e trocaram algumas provocações entre si, exortando-a a se levantar e ir atrás dele. Era um primeiro movimento no jogo entre os dois, e não fora em vão. Ela se levantou com o pretexto de ir ao banheiro. Ele desaparecera do campo visual dela, embrenhara-se por entre os grupos de pessoas em pé, furtara-se por entre as conversas barulhentas. Ela entrou no bar e acabou por chegar ao toalete dos fundos sem dele ter tido sinais. De lá saiu rapidamente, passou pelo balcão e tomou o caminho de volta até a distante mesa onde estava acomodada com as colegas, se comportando da mesma forma como havia feito antes, ziguezagueando pelos grupos e correndo com o olhar para todos os lados. "Uma pena, talvez fosse um cara legal." Muitos eram os caras legais, não faria muita diferença. Distraída, caminhou rente ao muro de uma casa quando já não haviam mais pessoas pelo caminho. Olhava a rua, os carros, a lua parcialmente visível sobre o pano de fundo escuro de um céu sem estrelas. Olhava para o alto e sentia-se aprisionada como muitas vezes já se sentira naquela cidade estranha, grande e desajeitada. Por mais que fosse do mundo, não se acostumava a tais lugares, que, por trás de tanta falsa agitação, escondem um cadáver, um vazio incompreensível para os habitantes mais antigos, um corpo de mundo assassinado, fatiado e maquiado, que fede, entorpece os sentidos e descompassa o coração. Olhava tanto para dentro de si naquele céu que esbarrou em alguém à sua frente. Os dois desculparam-se sem notarem no outro que haviam esbarrado. Ela e Ele. Quando voltou seu olhar para o real, viu-se encarando e sendo encarada. Um "ah, oi" veio de sabe-se lá onde, tímido, mas claro e suficientemente interessado. "Oi" foi a resposta.

— Ér... me desculpa...

— Nah, sem problemas, eu é que sou uma pedra no caminho.

— Prazer, Pedra no Caminho, meu nome é Desastrada.

— O prazer é todo meu, Desastrada. Desculpe o transtorno.

— Ah, para! Eu até gosto de me meter em problemas.

— Menina, então você veio na direção certa.

Riram um com o outro, o primeiro riso sincero da noite de ambos.

— Eu acho que já te vi em algum lugar... — disse ele.

— Acho difícil que tenha visto... Deve estar confundindo com outra pessoa.

— É, posso ter me enganado...

Ele segurava em uma das mãos uma garrafa de cerveja meio cheia, ainda bem gelada. Ofereceu a ela.

— Obrigada, mas estou ali na mesa com umas amigas, já estamos bebendo — e apontou para uma mesa vazia.

— Olha, eu não enxergo muito bem, mas parece que suas amigas fugiram com a sua cerveja.

Para onde poderiam ter ido? Não se sabe e não haveriam de saber.

— Nesse caso, acho que sou obrigada a aceitar um golinho. Mas só por educação, viu?

Um gole e ficaram ali por um bom tempo conversando, encostados ao muro áspero da casa, a cerveja esquentando por conta da pouca atenção que recebia. Se sentiam infinitamente confortáveis um com o outro, mesmo se conhecendo de fato havia tão pouco tempo. Até os silêncios pareciam passos de uma coreografia leve e já ensaiada por ambos. Os olhares não descolavam.

— Que dia tive hoje, tô morta!

— Oh, nem me fale...

Silenciaram, deram espaço para os vários sons da rua chamarem a atenção para a vida que existia além deles ali, fato já pelos dois esquecido. Cada um perdido dentro de si e no calor que parecia provir do outro.

— Ou, me fala uma coisa... — propôs ele.

— Depende — respondeu ela.

— Cê não me dá um beijo não?

— Ah, depende né...

Em um segundo já tinham os lábios colados e as línguas atiradas para dentro um do outro, procurando o sabor da alma alheia. As mãos antes meio perdidas, à deriva no espaço vazio que havia entre ambos, encontraram seu porto seguro no corpo morno um do outro. Seus hálitos, um pouco poluídos pela cerveja e pelo cigarro, alimentaram a intensidade do contato. O gosto da vida explodia-lhes na boca, um sabor misto de juventude e desejo, de vício e pureza, doce e amargo, cheio de intensidade, marcado já por uma leve angústia de não poderem se fundir naquele momento. Mas haveriam de se fundir mais tarde.

O tempo passou a galope. Entretidos que estavam, não notaram o correr desembestado das horas. Quando se deram conta, passava das duas da manhã.

— Já é tarde. Acho que tenho que ir... — ele disse.

— Você mora aqui perto?

— Perto que nada, tenho que descer pro centro.

— E vai como, menino? Uma hora dessas já não passa busão, vai de táxi?

— Eu não, vou a pé mesmo, é de boa.

— Tem certeza? Se quiser...

— É de boa.

— Se quiser pode dormir lá em casa, eu moro ali atrás com umas amigas...

— Eu deveria ter avisado minha mãe antes... acho que ela não vai gostar... aliás, de manhã cedo tenho que ir resolver umas coisas... — mentiu ele.

— Deixa disso, você sai cedinho lá de casa, o ônibus começa a circular umas seis da manhã.
— Acho que seria melhor, né?
— Também acho...
— Tem certeza que posso dormir por lá?
— Absoluta!
— Olha lá hein... eu vou mesmo...
— Então vamos indo, pelo amor de Deus, tá frio e eu já tô bem cansada, preciso botar as pernas pro ar...

Ele assentiu e se precipitou bar adentro para pagar a conta. "O que foi que eu fiz! No que fui me meter!", pensava nervoso. O senhor do caixa, não muito agradável, informou estar sem moedas para o troco.

— Sem problemas, me vê umas cinco dessas balinhas de melancia aí.

Saiu de dentro do estabelecimento rapidamente. Sua postura deixava evidente certo orgulho e certo nervosismo. Estava feliz, certamente, por aquele encontro e por aquela noite que ainda lhe prometia ser realizada, mas assustava-lhe a perspectiva de viver a vida numa noite como esta, uma noite não planejada numa semana comum, fatos comuns e toda gama de coisas comuns que faziam do tempo sua morada, seu porto seguro, sua zona de conforto. A segurança do dia a dia e do lar era também a cadeia de uma prisão que lhe atava os membros e lhe tolhia a vontade. Quando foi a última vez que dormiu com uma garota?

— Quer uma? De melancia...
— Nossa, arrasou! Adoro melancia!

Com o hálito adocicado pelas balinhas de melancia, beijaram-se e tomaram o rumo da residência dela.

A casa era realmente muito próxima de onde estavam, algumas poucas ruas e lá se encontravam, diante de uma fachada esverdeada cujos contornos eram escondidos pelo jardim malcuidado da frente. Uma grade marrom interpunha-se entre o jardim e a rua, o portão marrom impedia-lhes a passagem.

— Deve estar trancado... as meninas devem ter saído...

Começou a procurar na bolsa as chaves que acreditara perdidas antes de ter saído dali pela manhã. Por sorte, ou descuido, estavam lá. Abriu e entrou na frente dele, que logo após também cruzou o portal e se postou ao lado dela enquanto a moça trancava a fechadura. Num impulso repentino, tomou-a pela cintura, puxando-a para si, brincalhão, solto. Entre risos e empurrõezinhos, eles se beijaram e adentraram a residência.

Ela, esguia e sensual, conduziu-o ao quarto e acendeu a luz.

— Que que você tá fazendo aqui mesmo? Você vai dormir na sala — falou, tentando ao máximo fingir certa seriedade.

— Não sou muito chegado em sofás...

Ele deixou a mochila ao lado do criado-mudo rosa e se deixou cair na cama.

— Ih, já é de casa assim, é?

— Acho que sou. Me traz um copinho d'água? Por favor...

— Só se você prometer não fugir enquanto eu estiver na cozinha.

— Não posso prometer nada...

— Olhe lá.

Ela saiu. Ele, sozinho, contemplou o ambiente. Paredes cor-de-rosa, mapas aqui e ali, fotos de viagens, pessoas que ele não conhecia, lugares que nem sonhava existirem. Pegou um caderno e um lápis que estavam ao lado da cama e deixou ali alguns versinhos, quem sabe se depois ela não haveria de ler e se lembrar dele? Muitos anos depois, quem sabe, quando já nem morasse mais na cidade onde se conheceram. Largou o caderno onde originalmente estava, deitou-se no travesseiro macio e encarou o teto. "No que fui me meter!"

Ela voltou com um copo d'água para si e para ele. Postou os copos sobre o criado-mudo e fechou a porta. Não haveria retorno a partir dali, assinaram as próprias condenações e assumiram o destino que cabia a cada um. Ela procurava alguém para encontrar a si própria. Ele procurava a si mesmo e tinha medo de encontrar. Ela deu dois ou três passos até próximo dele na cama. Sentou-se ao seu lado de pernas cruzadas e lhe puxou pelo cabelo.

— O que você acha de me beijar agora?

Beijaram-se mais e mais, fatigavam de se beijarem. Ela então o afastou suavemente e o olhou no rosto. Rápida e decidida, tirou a camisa que lhe escondia o corpo, ao que ele também imitou. Voltaram a se beijar. Ela pegou a mão dele e a pousou sobre o sutiã. Ele sentiu pela primeira vez o vaivém tímido da respiração sob o peito dela. A respiração dos dois sincronizou-se, parecia ser uma única. Ele estava nervoso, mas era um nervoso inocente, puro, manchado por uma suave empolgação. Era mais uma de suas primeiras vezes numa tão íntima situação, não gostava de se recordar das outras. Ela estava segura, era muito mais experiente do que ele nesse aspecto, morava com amigas, distante dos pais, da cidade natal, dos grilhões de uma vida familiar e de um lugar familiar. Diria se parecer com uma andarilha que havia construído o próprio lar sobre o Nada, fazendo do mundo inteiro sua casa e de todas as pessoas sua família. Seu tempo era quando, sua morada era onde e suas companheiras e seus companheiros eram quem.

Diante da hesitação dele, afastou-lhe a mão e desatou o sutiã por trás, ao mesmo tempo que tirou os jeans. Ele fez o mesmo no que diz respeito aos jeans. As cortinas se abriram, começara o espetáculo. Ela novamente lhe pegou a mão e trouxe até o seio nu, os dois tinham os rostos impassíveis, encaravam-se como duas estátuas. A mão dele estava gelada e ela se arrepiou. Continuaram se encarando sob a luz amarelada que lhes coloria a pele. Os corações batiam forte e em compasso, as cabeças latejavam. Quanto tempo ela não procurou alguém que a tocasse assim? Sem a vulgaridade de um desejo puramente instantâneo, controlado por um senso de pudor típico dos inexperientes e dos tímidos? Procurou de boca em boca até simplesmente desistir, até aceitar carregar a si própria eternamente só nas relações e nos vínculos afetivos que estabelecia. Ela tinha o que eles queriam, mas eles não tinham o que ela buscava. E ele, quanto tempo não esperou? Quantas vezes passou perto daquilo que sempre quis e sempre temeu? Quanto já não angustiou pela própria solidão e inexperiência? Tinha medo da vida, é certo, mas tinha medo também delas.

 Fitaram-se de perto, de cada vez mais perto. Os lábios roçaram um no outro, secos, um pouco trêmulos, as bocas se acariciaram. As mãos começaram a deslizar sobre os corpos um do outro, explorando as curvas, os cantos, os contornos, as texturas, os defeitos e as perfeições. Ele desceu até a coxa dela e ela pegou com força na nuca dele. Beijaram-se longamente. Descarregaram no beijo todas as expectativas e receios que traziam escondidos em seus corações jovens e saudáveis. Beijavam-se com intensidade, mas mantinham certa reserva, certo pudor.

 De novo ela se afastou um pouco, descolando as bocas. Mantinha o queixo baixo, mas o olhar erguido e fixo nos olhos dele. Ele ousou outro olhar, queria ver o corpo dela. Quão belas eram suas curvas! A pele macia e morena, quase dourada sob a luz incandescente, o ventre liso e os peitos nus eram de uma beleza indescritível. Seus seios empinados, de formas suaves e contornos arredondados, sua pele marcada com os pelos eriçados ao longo do corpo. Subiu e olhou-a de frente como já muitas vezes havia feito. Seu rosto de mulher conservava um sopro infantil por trás do jeito e dos traços adultos. Ele descia de novo e agora via as coxas dela coladas às suas. Ela notou aquele olhar que parecia despi-la uma segunda vez e sentiu-se como uma daquelas estátuas de mármore expostas em museus. Mas ela podia e queria ser tocada, era quente e muitíssimo mais viva do que a pedra fria das exposições, era mais artística do que toda obra de arte que jamais houve no mundo. Os olhares se interceptaram. Quem era ele? Perguntou ela, interiormente. Um menino, nada mais, nada menos, um rapazinho, e se sentiu quase materna para com ele. O rosto dele tinha traços que queriam se passar por rudes e viris, por traços de homem-feito e vivido, mas que não enganavam ninguém, pois deixavam transparecer uma suavidade quase feminina, infantil. Havia também, notou ela, algo de atemporal no rosto dele. Algo com um quê de eterno e eternamente escondido nas entrelinhas daquele olhar. Era uma angústia velada, um desespero lúcido, um medo que não se revelava nunca por completo, mas que sempre habitaria e sempre habitou o coração daquele ser. Talvez fosse só um reflexo dela própria. Também ela ousou descer o olhar. Aquele corpo magro e que não tinha nada de sensual lhe despertava o desejo, e um desejo pagão que sabia não ser puro. Há desejo puro, há desejo cristão, no mundo? E, se houver, vale a pena desejá-lo? Queria ser tomada, queria fazer-se dele e que ele também fosse dela, queria apaziguar seus próprios demônios e os demônios do outro, queria ser beijada todinha, dos pés até o pescoço.

Os dois eram feito flores que desabrochavam diante uma da outra, desarmadas, coloridas, frágeis e inteiras. Estavam conscientes da ânsia que lhes invadia, da loucura que deles se apossava. Ela, beijando-o, pegou-lhe a mão que apertava as nádegas e trouxe-a para a frente, para a calcinha. Ele entendeu o recado e, aos poucos, insinuou-se pelo tecido, descendo com cuidado, sentindo roçar-lhe a mão aquela superfície áspera de pelos recém-raspados, reparando em cada parte que tateava. Sentiu-se estremecer junto com ela quando alcançou a carne úmida e morna que se entregava aos seus dedos. Ela sentiu ao mesmo tempo toda a carga de tesão se difundir pelo corpo e sentiu também que jamais prazer algum lhe poderia preencher todo o desejo. Fez um grunhido baixinho e o puxou para mais perto enquanto retesava o corpo e depois se deixava relaxar. Ele também se sentia tremendamente atraído por ela, agora como nunca antes. Massageava a carne em flor e estranhamente se sentia também massageado no íntimo, sentia preenchido todo o abismo que era a sua alma.

Ficaram assim por um tempo. Ela, com receio de que ele se entediasse, afastou-se e tirou completamente a calcinha. Ele se aprumou um pouco e arrancou fora a cueca. Olharam-se perdidos. Não pareciam ver um ao outro, viam a si mesmos, como se não fossem dois, mas um só, numa unidade muito maior que a mera soma das partes. As almas se haviam fundido. E fizeram o que podia ser feito para acrescentar àquela união de almas a união dos corpos. Uniram-se num abraço de carne e consciência, selados nessa junção pela força do desejo. Desesperados, queriam fundir-se infinitamente, estar um dentro do outro e anular todo o resto. Ela,ele,ela,ele,ela,ele,ela,ele,elaele.

E fizeram-se um por um breve período de tempo, muito curto se visto de fora, mas tão eterno quanto o universo quando vivido por dentro. Não havia mais tempo, nem espaço, nem eu, nem você, nem desejo, nem eles, nem nada. Explodiram num vazio que se fez dono do mundo e das coisas. Despejaram todo o conteúdo de seus abismos internos. Mas a eternidade fez-se tempo novamente e, quando os relógios voltaram a contar os segundos e os calendários os dias, já não formavam mais um todo coeso e uniforme. Eram dois... Dois pedaços faltando de um uno ideal perdido. O tempo reencontrado fez-se doloroso demais, descobriram que a substância do perecível talvez fosse apenas composta pela sucessão das infinitas mágoas humanas em sua sombria solidão por detrás do cárcere da carne. Eram agora muito mais solitários do que antes. Os deuses cobram o preço daqueles que ultrapassam as leis instituídas pela justa medida, daqueles que violam os limites do desejo e da paixão. Aos poucos, deram-se conta de suas desesperadoras situações. Haviam se encontrado, sem sombra de dúvidas o fizeram, mas deixaram escorrer por entre os dedos as respostas para suas dores. Muito mais distantes estavam agora, muito mais do que eram antes de se conhecerem. Não haveria mais palavra que lhes conectaria os seres, escolheram enfrentar o tribunal da paixão e foram sentenciados ao silêncio. O espaço preenchido pela falta de sons se interpunha entre eles e parecia querer separá-los. Abraçaram-se. Do olho dele, escorreu uma lágrima. Quem seria a partir dali? Um suspiro profundo escapou dela. Quem havia sido até ali? De agora em diante, seriam sozinhos, irrevogavelmente sozinhos. Ou talvez só até quando se excitassem novamente. Apertaram o abraço. E em pouco tempo adormeceram.

(Des)amordesespero ou Sonho de uma noite de verão

*Escrito para Chel, que sonhou
Caraíva junto comigo.*

Passos leves na areia fofa, os olhares transitando livremente entre o traço incerto do horizonte longínquo, a plenitude do mar azul-turquesa e as infinitas nuvenzinhas brancas como algodão que pairavam na eternidade do céu imenso. Entre os dois havia areia, vento, espaço, silêncio, nada de pensamentos e ainda algo fugidio como uma lembrança antiga, claro como uma certeza de fé, simples como uma pedra, algo como... um impossível laço frouxo que não deixava nada escapar. Caminhavam sem ousar perturbar o silêncio e romper com o íntimo acordo que estabeleceram tacitamente entre si. A praia bastava-lhes, o sol bastava-lhes, as palavras não ditas bastavam-lhes e os suspiros profundos bastavam-lhes. Vez ou outra, quando os caminhos dos olhos livres se cruzavam por conta de um descuido consciente de si, quebrando com o acordo inexistente de evitar todos os símbolos e significados (acordo este que se mantinha justamente por ser acordo de não estabelecer acordos), trocavam um olhar meio sincero e meio mentiroso, cheio de carne e de desejo, um olhar viscoso que parecia escorrer pela parede da alma, violento mas terno como uma dança rápida e intensa (pomba branca ameaçando se atirar no precipício), sem amor e sem sentido, quase desesperado, carregado com o peso e a leveza do saber que diz que o tempo passa, que tudo passa, que a noite vem (sem sentido) e as flores murcham (sem sentido) e o verão acaba (sem sentido) e a vida real (cheia de sentido) substitui o sonho de uma vida que é verdadeiramente vida (sem sentido), que na cidade os corpos se vestem e as coisas se vestem de palavras e palavras e palavras, que o céu se esconde por entre os edifícios e que as árvores foram plantadas e o ar urbano não tem o gosto salgado da maresia e que, por fim, todos são incontornavelmente sozinhos e incapazes de romper com os limites que eles próprios (os dois), paradoxalmente, romperam. Mas, mesmo que cruzassem os olhares com tamanha intensidade, não ousavam reduzir o ritmo quase coreográfico dos passos, prosseguiam como prisioneiros da liberdade de nunca parar. Tornavam sempre a explorar a paisagem quando satisfeitos do (às vezes breve, às vezes longo) contato visual (quase carnal). Continuavam caminhando, uma alegria indescritível explodindo no peito, uma tensão inenarrável arrebentando corpo adentro, o sol devorando as costas, a paixão revolta saltando pelas entranhas, um discreto desespero colado aos calcanhares. Avançavam, deixando na areia e na distância (conscientemente) a marca efêmera dos passos já dados, furando incansavelmente a substância de um devir que é mera repetição, criando, na falsidade do tempo, simulacros irreais de um real que é eterno (sem tempo, sem número, sem nada) e perfeito justamente porque, no fim das contas, sempre (eternamente) se esgota. Passos pela areia e pelos caminhos (fictícios) do tempo e da (sempre real) dor, saltos entre futuros e passados (a morte e o que já morreu). Iam para lugar nenhum, menos por não terem destino do que por ser a praia infinita e sempre igual (mas sempre suficiente). Sempre, à esquerda, as palmeiras erguendo-se inclinadas para o mar, todas dançando suavemente ao sabor do vento às vezes calmo, às vezes intenso; no meio, a faixa amarelada de areia estendendo-se em linha reta até o nunca mais (ou o para sempre); à direita, o mar e as ondas quebrando e produzindo a música que embala o vaivém interminável das palmeiras. Indo para lugar nenhum, mortais que eram, jovens que eram (estavam sendo), continuavam o jogo prazeroso, porém mortal, da inocentemente maliciosa troca de olhares. Morriam por dentro porque, tal como as palmeiras erguendo-se em direção ao mar e as ondas atirando-se em direção às palmeiras, umas sem jamais poderem beijar as outras, jamais deixariam de caminhar por um instante sequer para se terem nos braços um do outro, porque suas paixões se consumiriam e os consumiriam sem nunca chegar a se consumarem. O cheiro do mar despertava neles um desejo ainda maior de encontro, uma nostalgia de algo que nunca seria, o mundo todo parecia se estruturar de forma a lhes incitar a paixão infinita (paixão sem amor) e lhes incinerar o coração com o ardor da possibilidade nunca satisfeita. Mas estruturava-se também de tal forma que lhes vedava o deleite. Banidos de um paraíso no qual nunca pisaram, continuavam a peregrinação quase solitária dos apaixonados (condenados), para sempre em direção ao nunca mais (ou ao para sempre), sofrendo incessantemente, acossados por um sentimento que não daria descanso e que era capaz de lhes dilacerar o ser, mas não de matá-los. Caminhavam desejando viver para sempre ao mesmo tempo que, revoltados com tudo, desejavam que tudo se consumisse numa orgia maldita de destruição que engoliria praia, mar e céu e eles próprios, fundindo os seres numa massa homogênea que apagaria os limites entre as coisas, uma orgia maldita sem beleza nem pudor (sangue e sêmen).

Caminhavam com passos nervosos na areia fofa, os olhares aflitos acorrentados à liberdade de sempre encarar o outro distante e o mundo insuperável.

Bicicleta ou Viver para sempre

"Como é que se aproveita a vida? Usando-a, tal como se faz com a luz, que se usa queimando-a. Aproveita-se a vida, e, assim, a si mesmo, o vivo, consumindo-os. O gozo da vida é o uso da vida."

Max Stirner, *O único e a sua propriedade*

Tirou da mochila a barra de torrone que trouxe consigo. A chuva apertou um pouco, mas não o incomodou, afinal, ao menos o faria se sentir revigorado após a intensidade do esforço despendido para subir o maldito morro que tinha atrás de si. Abriu com cuidado o doce que tinha nas mãos, quase como se fosse o único, como se fosse o último. Ah! Como amava torrone! Os grãos de amendoim dançando e se esquivando (em vão) dos dentes, cercados pela densa massa branca e doce de marshmallow, os sabores se confundindo e fazendo explodir na língua a profunda e inexplicável sensação de estar em contato com algo para além dos sentidos e dos torrones, algo fora do tempo, com sabor de Ideia, de Forma. Não há metafísica no mundo que não... torrone! Cada torrone é a Ideia de torrone ela mesma, encarnada. "Talvez", pensou ele, "seja sabor de infância." Lembrou-se de seus dias de criança, de mamãe e papai, lembrou-se das cores vivas e da perene sensação de poesia que impregnava as coisas e as situações. O mundo era uma brincadeira, tudo o que importava era o próximo torrone. De doce em doce, marcava o compasso da dança alegre do tempo, o tempo que parecia antes um mar salgado do que um rio caudaloso indo pra qualquer lugar que não o lugar dele mesmo. A infância tinha sabor de essência, de Ideia, de eternidade. Uma grande gota d'água atingiu-o em cheio na testa. Poderia continuar a pedalar, mesmo sob a chuva. De qualquer maneira, já estava imundo de barro, a bicicleta acumulava uma grande crosta de terra por entre os frisos dos pneus. Não se decidiu por retomar o caminho. Sentou-se no canteiro logo abaixo da árvore cujo abrigo não mais continha boa parte das gotas que despencavam do céu. Sentou-se, olhou para o lado e encarou a ampla paisagem que se descortinava logo abaixo do mirante que havia em frente. Sempre subia até ali quando sentia vontade de se afastar de tudo e de todos sem perdê-los de vista. O local não era tão distante e se erguia colossal no meio da malha urbana, fornecendo ampla visão sobre os terrenos do entorno. Ele sentiu que conhecia tão bem a cidade quanto a palma de sua mão. Sabia sobre os papos de cada esquina, conhecia os ares de cada bairro, os rostos de cada região, os perigos de cada rua, os confortos de cada canto, lojas, teatros, cinemas, lanchonetes... Quanto não frequentara, sozinho, os cinemas e teatros, quanto não se deliciara solitário com um açaí batido com paçoca (talvez torrone fosse também uma boa ideia), quanto não perambulara pelas praças cheias e se sentara para ver o povo passar no corre-corre cotidiano debaixo do sol escaldante de meio-dia! Mas o que ele mais conhecia, ou gostaria de conhecer, aliás, eram as meninas de sua própria região, mesmo que estas não o conhecessem. Conhecia bem mesmo as meninas que também o conheciam, aquelas que vez ou outra lhe lançavam um olhar meio inquisitivo, algo provocante, algo estranho. Conhecia de algumas poucas (destas entendia bem, ou pensava entender) os lábios, os cabelos, os sabores, os perfumes, as curvas... Ah! As curvas de cada uma e de todas elas! Gostava de deslizar os dedos pelos braços, pelas coxas, pelos seios, pelos rostos. Deslizava o dedo indicador ao mesmo tempo em que deitava sobre elas o olhar sempre atento às mudanças de ritmo, às subidas e descidas. Sentiu que dali do alto, com o olhar soberano, avistava-as todas de uma só vez, que tinha todas numa só piscada, como numa grande orgia visual e imaginária no quarto incerto do vasto horizonte. Gostava de tê-las perto de si, de colar seu corpo ao delas, de sentir os hálitos, os perfumes mais bem-guardados nas dobrinhas do pescoço, tudo isso nem tanto por interesse sexual, mas pela espera de uma consolação que nunca veio nem nunca vem nem virá, uma consolação capaz de anular a solidão dos dias de cinema, teatro, praça, lanchonete... A solidão de todos os dias e de toda a vida. Talvez esperasse delas uma palavra redentora, um gesto sublime de perdão por ser ele tão rude e desajeitado, tão nulo, tão omisso, tão vazio. Sim, ele se sentia rude e desajeitado. Em cima de sua bicicleta grande, devia lembrar um camelo, o pescoço meio torto, a coluna arqueada... Sentia-se um erro onde quer que estivesse, um passo em falso. Mal sabia onde colocar as mãos numa festa em que não bebia nem fumava nem conversava com ninguém nada de importante ou de interessante. Sabia que enganava a si mesmo sobre si próprio, mas nunca ousou desmascarar-se. Havia algo de superior em se humilhar, e algo de inferior também. Na verdade, sua vida consistiu, até ali, naquele preciso ponto do tempo e do espaço, debaixo da alta árvore que o protegia da chuva de quarta-feira, numa eterna busca de desmascarar a si mesmo, numa louca carreira atrás de qualidades e defeitos que nunca foram e nunca serão completamente justificados ou sequer justificáveis, defeitos que, afinal, não importavam em absolutamente nada diante do panorama que tinha diante de si, panorama que por sua vez nada representava diante da multiplicidade dos pontos de vista possíveis que pairam acima da cidade nos morros ao redor, múltiplos pontos de vista nulos diante da extensão do estado de Minas Gerais, Minas Gerais tão pequena diante do Brasilzão, que é menor por sua vez do que a América, menor que a pequenina América, esta que mal se pode comparar com a vastidão dos mares que foram necessários transpor para destruí-la. Ah! Os grandes mares! Já não guardam seus segredos a seguras distâncias dos olhos humanos como o faziam antigamente, a civilização já não floresce com raridade e delicadeza por sobre os equívocos espaços favoráveis do globo terrestre (uma pedra!), ela se assemelha mais a um fungo devastador e invencível. O mundo perdeu a graça e o encanto, o que nos interessa hoje sempre está para lá dele. Os antigos queriam o que estava para lá do mundo porque não o conheciam tão vastamente quanto nós julgamos conhecer, mas havia, ao menos, certa magia pairando no ar, aquela dos eventos inexplicáveis, tão semelhante à poesia da infância. "A poesia é o inexplicável", pensou. Afinal, tudo aquilo que pretendemos esgotar nos escapa porque não mais nos interessa. A poesia sempre nos interessará porque é inesgotável. Nós, contra os antigos, não queremos o mundo porque o conhecemos completamente. Aí criamos outro mundo, um que existe fora do mundo. Para o homem comum, a ficção está para a realidade como a mentira está para a verdade. Nada passa de... ficção. Mas, para ele, o menino dos torrones, das incertezas, ficção e vida são uma e a mesma coisa. O real é fictício e o fictício é real. Um pássaro cantou à distância, sacudindo as ideias do garoto. "Será que valeu a pena? Conquistar a América? A História?", perguntou para si enquanto estraçalhava um amendoim desprevenido com os dentes. "Será que vale a pena nascer?" Sentiu que as duas perguntas se encontravam em algum ponto no infinito. No infinito! No infinito! Lá longe, para além das nuvens pesadas que escondiam o céu azul, para além das grandes gotas caindo com regularidade quase cronométrica sobre sua testa, para além do torrone, das garotas, dos pontos de vista, das Américas e dos... nascimentos. Para além das qualidades e defeitos. Mas não tão além de si mesmo, pois não passavam de... perguntas. Apertou com força o guidão macio da bicicleta, fechou os olhos. Nada. O torrone difícil de mastigar e engolir, a chuva caindo por todos os lados. Nada. Nunca seria mais ou menos do que Nada. Mas sentia que o Nada de si era um Nada criador, um Nada a partir do qual alguma coisa poderia ser dita ou perguntada, ouvida, sentida, pensada... Forçou os olhos. Nada! Abriu com cuidado as pálpebras, como se não pudesse ver alguma coisa que tinha à frente. O torrone, as garotas, a cidade, as gotas de chuva, nenhuma dessas coisas estava para além dele mesmo. Tudo lhe pertencia, era seu, ele mesmo era dono do mundo, dos infinitos e, principalmente, de Nada! Percebeu, como se uma brisa fresca se abatesse sobre ele num dia quente de verão, como amava toda a vida que criara ao seu entorno, como amava as propriedades que, à força de persuasão ou de vontade, adquirira para si. Respirou fundo, mas não foi suficiente, mordeu um grande pedaço do doce, mas também não foi suficiente. Queria ser Deus, ilimitado, gostaria de morder tudo e todos. "Deus é um comilão." E seria, então, suficiente? Estremeceu. Nunca seria o suficiente e um dia, ele, Nada, seria, sem jogos de palavras, nada. O frio se fez sentir, as gotas passaram a agredir ao invés de refrescar, cada gota era uma gota a menos. A cidade acenou, chamativa. Muita coisa, muita gente, pouco tempo. Pouquíssimo tempo. O Nada de si cedeu lugar ao nada, aquele que é sempre do lado de fora. Cada gota é uma gota que jamais se repetirá, para sempre extinta após a fugacidade de uma única e insignificante queda. Engoliu o último pedaço de torrone, sobrando-lhe nas mãos apenas a embalagem, os restos inúteis de uma casca inútil. Sobrou-lhe na cabeça a lembrança do doce que mastigara segundos atrás. A lembrança também desapareceria. E, não importaria o que fizesse, poderia escrever sobre o finado doce, sobre suas peculiaridades, sobre a situação na qual o consumiu... A lembrança também desapareceria. E para que, então, tal alimento veio a existir? Apenas para ser consumido por um ser tão efêmero quanto a gota que cai? É muito trabalho, muita coisa, muito som, muito sabor, muita cor, muita vontade, muito desejo, para... nada. Levantou-se do canteiro onde havia se sentado. "Nada!", exclamou-lhe o mundo. Sentiu-se aterrorizado. Pensou, não sem desespero, em sua possível velhice. Será que ficaria velho e inútil, como um pé de alface podre? Como o plástico de um torrone findo? Não. Era improvável que envelhecesse. Antes, morreria jovem. Os perigos eram muitos: facas, armas, guerras, vírus, bactérias, carros, motos, trens, aviões, pedras, buracos, árvores, raios, animais, furacões, vulcões, asteroides, cerol, drogas, agrotóxicos, tumores, arritmias, coágulos, rios, mares, ondas, gorduras, radicais livres, hormônios, aquecimento global, conservadores, liberais, comunistas, anarquistas, religiosos, facções, milícias, roubo, gasolina, fogo, vermes, radiação, toxinas, ventiladores, construções, escadas, varandas, cacos de vidro, skates, bicicletas, deslizamentos... Tanta coisa. Nunca chegaria aos trinta, tinha certeza. Mas... Mas queria viver para sempre! Queria sempre mais um dia de sol, sempre um outro corpo de garota para explorar, queria morder mais torrones enquanto pensava na vida e na morte. O terror, naquele momento, chegou então ao limite para além do qual se tornaria insuportável. Queria dar um beijo na boca da vida, mas esta lhe escapava, queria virar os olhos e, por ao menos um instante, não vislumbrar a morte. Mas não podia. Amava o mundo e o calor das coisas existentes, recusava-se a compreender que um dia, mais hora menos hora, seu corpo lhe trairia as paixões, lhe puxaria o tapete. Esse mesmo corpo rude e desajeitado, que tanto lhe dava prazeres, haveria de um dia falhar e mergulhar no nada do qual jamais sairia. Ao mesmo tempo, deu-se conta do absurdo de tais reflexões. Ninguém morre assim, de uma hora para outra, sem mais nem menos. A morte só acontece fora do dia a dia, quando já conhecemos sua proximidade. O cotidiano é um terreno cercado e protegido. A morte é o extremo oposto do cotidiano. "O cotidiano é uma mentira." Sentiu um frio por dentro, uma bola de gelo e insensibilidade, algo como um vazio distinto (mas próximo) do vazio de nada ser sendo, uma estranheza inexplicável, algo de indizível, mas que estava ali, diante do olhar assustado, ao alcance dos dedos gelados. Seria Deus? Não, Deus é indizível e intangível, a sensação que tinha se mostrava por inteiro embora não se deixasse traduzir ou simbolizar. Olhou mais de perto, mas nada havia de mais próximo. Afastou-se, mas já estava distante... Era algo enraizado na natureza das coisas e do mundo, um mal-entendido próprio da criação, um espaço aberto, uma capoeira na densa floresta do pleno e do infinito. Era a Morte. Uma gota atingiu-o em cheio na testa. Acordou como que de um pesadelo. Vivo que estava, o mundo ainda lhe pertencia, a chuva ainda caía. Lembrou-se de que deveria estar em casa antes das duas da tarde, pois iria ao cinema com Gabriela. Encarou a vista pela última vez, olhou para o céu cinzento e escuro, a Morte aproximou-se sorrateira novamente. "A vida é uma injustiça, quero viver para sempre." Para sempre. Subiu na bicicleta, ajustou-se sobre o selim, deu duas pedaladas para sair da calçada. O piso de pedra do caminho de volta estava úmido, mas ele não se deu conta. Mais três pedaladas, o vento carregado de gotículas acariciou-lhe a face, a blusa agitou-se sobre o corpo magro, a sensação de injustiça dissipou-se com a velocidade, restando tão somente uma centelha de revolta e uma satisfação paradoxal, uma satisfação de não carregar peso nenhum por estar mesmo vencido. O peito de frente para o mundo e para a Morte. O chão úmido, as pedras úmidas sob o girar dos pneus de borracha. A bicicleta acariciava o solo quase com cuidado. Um carro passou por ele indo na direção contrária, deu duas buzinadas. Que é que desejava? Ele entrou na primeira curva. A roda de trás escorregou para fora da pista, a roda da frente torceu para dentro. Estava a quarenta quilômetros por hora. Voou sobre o guidão, deu uma volta sobre si mesmo e aterrissou com o rosto no chão, as pedras lacerando-lhe a pele, moendo-lhe os dentes, chocando-se contra os ossos. Dentro da cabeça, o cérebro desligou. Não se lembraria de nada quando acordasse um dia depois.

(Des)encontro

Transpirava como um demônio pelo corpo todo, podia sentir as gotas de suor escorrendo pelas axilas, o colarinho parecia apertar, foi obrigado a desabotoar alguns botões, faltava-lhe ar, os pensamentos confusos atropelavam-se uns aos outros na cabeça. A hora haveria de chegar, ele bem sabia, e não demoraria. O nervosismo era insuportável, parecia consumi-lo por dentro, se continuasse assim morreria antes mesmo das oito e meia, a hora marcada. Não conseguia manter-se sentado, obrigando-se a levantar da mesa e ir até a cozinha buscar um copo d'água. Os passos até lá foram incertos e medrosos. Encheu um copo, por descuido, até a borda. "Cheio demais." Mas a mão trêmula fez-lhe o favor de esvaziar uma boa parte antes dos lábios se encontrarem com o líquido. "Merda." Apressou-se em pegar um pano para limpar a bagunça que fez. Esfregou o chão de maneira também um tanto apressada, não podia desperdiçar seus últimos instantes e, além do mais, era de fato inútil se preocupar com tais pormenores. Era um condenado e não ignorava seu fardo.

Voltou à sala. Não podia, ou, antes, não conseguia se sentar, o copo d'água pouco aliviara a sua inquietação, até as pernas tremiam um pouco. De pé, ao lado da mesa, pensava no que haveria de fazer para esperar o tempo passar, para ao menos se distrair. Lembrou-se do aparelho de som e também da garrafa de vinho tinto que comprara mais cedo ao sair do escritório. "Talvez um vinho e uma música." Pensou em ligar a televisão, mas logo desistiu, já assistira demais durante a semana. Dirigiu-se ao aparelho de som que ficava sobre um móvel repleto de porta-retratos, no canto esquerdo da sala, próximo à porta que dava para o corredor de circulação do prédio. Pegou o primeiro CD que viu ao alcance das mãos e o inseriu no tocador. As caixas de som soltaram alguns ruídos, ameaçaram, por um instante, não funcionar, mas logo a música fluiu. *"They flutter behind you, your possible pasts."* Acertou em cheio, não poderia ter escolhido melhor se tivesse se detido a procurar por entre a infinidade de discos que possuía. O coração serenou um pouco. Derrubou algumas caixas de CD ao se virar para voltar ao centro da sala e então se abaixou para apanhá-

-las. Os olhos alinharam-se ao nível do móvel, encarou de frente uma velha fotografia, lembrou-se do quão pouco se ocupava das próprias memórias. Ali estava ele, de frente para si mesmo ainda bebê nos braços de uma prima de quem há muito não tinha notícias. Não tinha notícias de ninguém, assim como ninguém tinha notícias dele. Roçou delicadamente com os dedos o vidro empoeirado do porta-retratos. "Empoeirado como eu mesmo estou." Divertiu-se com a relação que estabeleceu em pensamento. Pensou, por um instante, rápido como uma faísca, que poderia, estranhamente, afinal, tratar-se de um retrato atual. Mas não se enganava a respeito, já fazia tempo que não era a criança sorridente da foto, seu rosto cansado, sua pele marcada, sua apatia, a própria falta de sorrisos, tudo marcava nele o compasso da dança decadente de si mesmo, a única semelhança que poderia haver ali era com a poeira que limpou com os dedos. Sentiu um aperto no coração, sentiu saudades da infância, sentiu saudades de alguma coisa que se havia perdido por entre os anos de sua maturidade. "Trinta anos... O que foi que perdi?"

Não se deteve mais, o tempo passava e com ele se sucediam as lembranças, das lembranças da infância até a lembrança de que a hora fatídica haveria de chegar. O relógio, com seu interminável tique-taque, fazia pesar por sobre os ombros a ameaça do que fatalmente aconteceria nos próximos minutos. "*A warning to anyone still in command... of their possible future to take care.*"

Foi novamente até a cozinha, pegou o vinho num dos armários, muniu-se do saca-rolhas e de um copo americano comum, copo roubado do bar que frequentava sempre solitariamente, abriu a garrafa e serviu-se. Sorveu o primeiro copo num só trago, ao que em seguida tratou de novamente se servir. Precisava mesmo era tomar um ar. Largou tudo na pia e se dirigiu até a varanda do apartamento. Estava ainda bastante nervoso, embora menos agitado. Com passos lentos, atravessou o caminho da sala até a porta de vidro da sacada. Lembrou-se mais uma vez da foto da infância. "*Do you remember me? How we used to be?*" "Que foi que perdi, meu Deus?" Não compreendia a pergunta, mas sabia que fazia algum sentido. Tentou desviar as ideias. Com dois grandes goles, acabou com mais um copo de vinho. "Por que não peguei uma taça?" Voltou à cozinha para servir outro copo. Hesitou por um instante, deveria valer-se de uma taça? Não, de forma alguma, não faria a menor diferença. Pegou a garrafa e largou o copo. Foi mais uma vez até a varanda.

A noite era escura, estendia-se acima dos edifícios e das ruas iluminadas um céu opaco e profundamente negro, estendia-se até o não muito longínquo horizonte da cidade cercada por morros. Nenhuma estrela numa noite sem luar, uma noite oprimente, "ideal para jamais ter existido". Olhou para a cidade abaixo. Sentindo-se habitante de um mundo sempre escondido, deixou-se cair na cadeira de plástico atrás de si. O tempo se arrastava, gole após gole o vinho foi se esgotando. Começava a sentir-se meio bêbado. Gole após gole, quase já não restavam em seu espírito os fortes traços da agitação anterior, mas, em compensação, uma melancolia se abatia sobre seu peito e se somava ao ainda presente nervosismo. "Que foi que perdi?... A vida, perdi a vida? Ou o tempo?" Começava a se resignar com o destino que lhe fora imposto, sentia mesmo que não faria diferença alguma se morresse nos próximos instantes, assim como não faria diferença beber no copo ou na taça, enxugar ou não enxugar o chão da cozinha. Que diferença coisa alguma nesse mundo poderia fazer quando já estava morto fazia tanto tempo? Morrera quando se tornara "maduro", quando se tornara cotidiano. "Queriam-me casado, fútil, cotidiano e tributável? Se eu ao menos fosse casado... sou sozinho, fútil, cotidiano, tributável, maduro, nervoso. Um erro." Lembrou com certo asco de quando aceitou o trabalho no escritório, uns oito anos antes. "Sem dúvidas um deserto de almas e uma floresta de almas desertas." Desde que se mudara para a cidade, deixando toda uma vida para trás, também oito anos antes, desde então jamais conhecera, de fato, um amigo, tinha conhecidos, é claro, mas eram poucos também. Sua vida, desde muito tempo, girava na órbita do trabalho e da própria solidão, especialmente da solidão, embora um fator reforçasse o outro. Algumas prostitutas lhe satisfizeram no começo, quando ainda era incapaz de suportar sozinho por muito tempo a aridez do pequeno apartamento, mas já não tinha olhos para elas. Fazia tempo que não se envolvia com alguma mulher. Pensou rapidamente, como já havia outrora pensado, em suicidar-se, talvez exterminasse de seu coração tanto a solidão quanto a tristeza e o incômodo nervosismo. Mas lembrou-se de que também não faria diferença, já que estava, de qualquer maneira, condenado.

O peso da condenação se fez outra vez presente, logo lhe roubando a calma da melancolia. Não havia mais tempo, para nada, para melhora ou piora de seu estado, simplesmente não havia mais tempo. Estava se sentindo um trapo, embora tenha se arrumado todo, a garrafa vazia na mão, o olhar abatido, a roupa meio desajeitada. Havia se preparado para morrer, para nascer, para o que quer que fosse acontecer. Tinha medo. O relógio contava os segundos, mas nada acontecia. Dez para as nove, vinte minutos de atraso. "Talvez tenha se esquecido." Aliviou-se. Talvez todo o nervosismo tenha sido em vão, no próximo dia acordaria da mesma maneira como cotidianamente sempre acordou, viveria como cotidianamente sempre viveu, sozinho, bruto, morto, cotidiano. Largou a garrafa ao lado da cadeira de plástico. Olhando para o chão, dirigiu-se da varanda para o sofá da sala e só quando sentou foi que notou que o som havia parado de tocar. Levantou, cansado, dirigiu-se até o aparelho, deu-lhe um tapinha do lado e voltou para o sofá. Deitou de lado, esticou a mão para pegar o controle da televisão, a música voltou a tocar. "*Jesus, Jesus, what's it all about?*" "O tempo, eu perdi muito tempo... tanto faz..." Quando se preparava para ligar o aparelho de TV, quando aceitara finalmente o fardo de não ter vivido e de não ter que viver, quando imaginara que não haveria de morrer, quando o atraso lhe enganava quanto ao que haveria de acontecer, a campainha soou. Sobressaltou-se, um frio percorreu a coluna. Correu até o banheiro, encarou-se no espelho, de fato parecia cansado. Passou água no rosto, enxugou-se. "Não é possível!" Precisava mijar, estava tão nervoso que mal conseguia concentrar-se, só com muito esforço conseguindo o que queria. Arrumando as calças, fechando o zíper, voltou correndo para a sala. O peito parecia que iria romper, o coração estava aos saltos. "Calma, o que tenho que fazer?" Olhou em volta. "A garrafa." Foi até a varanda e com um gesto meio desesperado atirou a garrafa para o terreno baldio que havia ao lado do prédio. "Merda, o vinho!" A campainha soou novamente. Correu até a porta, os passos martelando contra o chão de madeira. Abotoou a camisa e olhou pelo olho mágico. Não conseguiu ver quem estava lá, a luz do corredor havia apagado, novamente um calafrio correu pelo seu corpo. Ajeitou uma última vez a roupa, a camisa social impecavelmente branca, o colarinho voltava a apertar, passou a mão nos cabelos negros desgrenhados. Girou a chave da porta e puxou a maçaneta. "*We danced and we sang in the street and the church bells rang.*"

Era ela, maravilhosamente assustadora como ele bem esperava, e, por sorte, trazia nas mãos outra garrafa de vinho. Finalmente as taças fariam alguma diferença no apartamento quase desabitado, na residência de um homem morto talvez prestes a nascer. A noite, afinal, não seria idêntica a todas as outras noites, noites tão repetitivamente cotidianas.

Uma cinzenta manhã na vida sem graça de um jovem comum

Esquecera as cortinas abertas outra vez. O velho relógio digital de números vermelhos que habitava a parte de cima do criado-mudo marcava sete horas da manhã, faltavam duas para o alarme disparar no horário desejado. Agradeceu por não ter esperado o despertador para acordar, odiava o som metálico da coisa. Olhou para fora tentando dissipar, sem sucesso, a névoa e o torpor quase alcoólicos deixados para trás pelo sono interrompido e que se interpunham entre ele e a segunda-feira. O dia estava completamente nublado, o céu dominado pelas nuvens cinzentas e escuras. Pensou que provavelmente choveria, o que lhe deu certa preguiça e contribuiu para piorar seu estado de humor já sombrio, bem à imagem do céu, que continuava encarando absorto através do vidro sujo das janelas do quarto. Interrogou a vista que tinha diante de si, lançou para o mundo um apelo secreto, mudo, mas que exigia uma resposta, fosse qual fosse. "Nada...", o travesseiro respondeu, falando-lhe ao pé da orelha amassada, como se sussurrasse ao seu ouvido. Virou o rosto para a parede e agitou-se por entre as cobertas amassadas e sebosas que urgiam para serem lavadas. Queria desfazer-se da vigília que aparentemente não cederia até o cair da noite, até retornar à cama da qual partira, cais seguro no porto sempre presente e acessível que era seu quarto, para a vida de todos os dias. Estava cansado, estava sempre cansado, sempre pronto para desistir e entregar as armas e dar-se por vencido. Mas nunca cedeu e nem cederia, era incapaz de admitir-se perdido para sempre. Só dormiria de noite, só sonharia dali a talvez dezesseis horas, lá pelas onze da noite, quando retornasse ao lar e se atirasse no leito com a mesma roupa com que passara o dia fora. O sonho, sintoma de sua mediocridade, mais do que o quarto e a cama, era seu refúgio preferido. Quase sempre sonhava com coisas alegres e deliciosas, com lugares bonitos e ensolarados, com gente amistosa e amiga. Ficaria transtornado se algum dia descobrisse que passaria o resto da vida sem sonhar enquanto dormia. Acordado, sentia-se como um exilado, sem braço que viesse para abraçá-lo, sem terra para sustentá-lo, sob os pés, o peso maldito de si mesmo, sem beijo molhado ou delícia semelhante que dispersasse os demônios da lucidez. Agitou-se novamente debaixo das cobertas e terminou mais uma vez por encarar o céu sombrio e indiferente de segunda-feira. Um estalo rachou-lhe os raciocínios, o coração apertou, o corpo estremeceu. Sentiu-se encarado de volta. "Naaada...", sussurrou-lhe o céu, a consciência ou o travesseiro, baixinho como um sopro. Aquele que, por algum motivo, encara o céu nublado deve vigiar para não se tornar, ele próprio, um céu nublado. O abismo sempre o encarava de volta, abrindo cada vez mais fundo em seu ser a sensação de que tudo é mesmo extremamente vago, de que tudo é quase nada. Levou a mão até o copo d'água sobre o criado-mudo ao lado da cama. Por descuido, derrubou-o em cima do livro que, inocente, repousava embaixo do copo. Sobressaltou-se. Merda. Diabos. Inferno. Porra. Sentou-se na beirada da cama. Acordou de vez, forçado por si mesmo e por sua desatenção e descuido e desajeito. O livro, por sorte, possuía capa dura e estava novo, e, por isso, pouco sofreria as consequências do atentado. Enxugou-o no lençol, usou do mesmo lençol para limpar a água que restara sobre o criado. Pousou o livro novamente no lugar. Manteve-se sentado ainda por algum tempo, a cara amassada, a pele oleosa, o hálito morno e desagradável, os olhos caídos, fitando o chão, os ombros relaxados. Sentiu-se presa fácil. Um assassino, uma fera, talvez, pouco trabalho teriam para abatê-lo, pobre pedaço de carne sonolenta, amassada e morna de cobertas e cama e sono. Sorte sua que ninguém morre assim às sete da manhã de uma segunda-feira nublada. Acalmou-se. Esses temores irracionais frequentemente o assaltavam. Mas o pior mesmo era lembrar do dia inteiro que teria pela frente, mais um, idêntico a todos os outros ontens e hojes e amanhãs e a puta que o pariu. Passou a mão sobre a face cansada de descansar e se sentir sempre cansada. Tomaria um banho? Seria bom que tomasse. Faria um café, um misto-quente, comeria uma fruta? Naturalmente. Viveria para contar sua história, para contar a mediocridade de sua própria existência, idêntica a tantas outras? Viveria, heroicamente, pensou. HEROICAMENTE. Como se sua vida valesse a pena ser contada, como se sua história despertasse o interesse de alguém que não o dele próprio, que já não era lá dos maiores e mais empolgados. Sua vida só era heroica por ser quase insuportável. Fazer um misto-quente às sete da manhã de uma segunda-feira absolutamente nublada e idêntica a terças, quartas, quintas, sextas, sábados e domingos era mesmo heroísmo. HEROICAMENTE. Aprumou-se, retesou o corpo, desatou o laço do encanto maligno que o sono mantinha sobre sua alma e se ergueu nas duas pernas. Do fundo do cenário que seu quarto representava, uma música pareceu soar, a princípio baixinha, aos poucos ganhando volume. "Also sprach Zarathustra", de Richard Strauss. HEROICAMENTE. Tããããã, tãããã, tanããããããããã. Imaginou-se como o valoroso

Aquiles, filho de Peleu, empunhando lampejantes e brônzeas armas contra o potente inimigo, o temeroso Cotidiano, filho de Todo-Dia. Épico, enorme, forte e belo. Luz dourada inigualável se derramando sobre a longa cabeleira ao vento, típica dos aqueus. O corpo tenso, os músculos definidos, cada traço realçado pelo óleo divino que lhe untava os membros desde a reluzente testa até os másculos pés. HEROICAMENTE. A música evaporou-se sem ter soado uma única nota. Deixou cair os ombros, sentindo o peso do cansaço de sua pequenez. Flácido, fraco, um pouco acima do peso, patético, miserável. O corpo ensebado pelo sono e pela falta de banho desde a manhã anterior, os cabelos oleosos e desgrenhados, dando nós aqui e ali. Pensou que deveria ter nascido na Grécia, na jovem Grécia, que exalava de cada paisagem, templo, praça, rua, habitante, árvore, nuvem e pensamento o frescor que tanto lhe faltava, a ele, velho aos vinte e cinco anos. Queria percorrer caminhos jamais percorridos, descobrir por entre a vegetação densa das possibilidades a estrada que levasse ao mais longe dos paradeiros. PATETICAMENTE. Jamais sobreviveria num lugar assim. Quantos anos lhe faltavam para que justificasse, finalmente, o cansaço? Para que aposentasse e apodrecesse? Não soube responder. Sabia tão somente que faltavam tantas horas para poder dormir outra vez. Sentiu, embora vagamente, como uma leve comichão na sola do pé calçado, daquelas que não se podem coçar, que a vida, como a levava, era injustificável. Cada vez mais se afundava na maturidade, na conformidade, na cotidianidade, na cidade... O desejo, sempre ardente e renovado, de deixar tudo para trás, de recomeçar no campo ou em qualquer outro lugar ao sol, de sair de dentro de casa, de viver sempre frente a frente com a intensidade de uma realidade em que alegria e perigo convivem lado a lado, para além da mediania confortável, fez-se presente como uma reivindicação obstinada, intolerável e incontornável. O celular vibrou, algum SMS. Pegou sobre o móvel o aparelho um pouco respingado pela água derramada e deslizou a tela. Mensagem da operadora. Suspirou profundo, decepcionado. Jogou o aparelho na cama. Talvez não fosse mesmo Aquiles, talvez fosse Ulisses, mas aquele outro, Ulysses, Leopold Bloom, o das pequenas derrotas, o de muitas páginas para um só dia comum... A única ressalva era que, ao contrário deste, sua história não seria contada, seus dias não seriam narrados, suas desinteressantes aventuras jamais ressoariam na mente de um leitor, seu dia a dia jamais se confundiria com a alegria mágica e quase infantil que só se encontra na ficção. Como deve ser viver a vida de uma personagem? Pensou. Como seria a vida se ela fosse um romance? Leopoldo, corrigiu-se. Precisava mesmo era de mais literatura brasileira. Precisava, na verdade, esquecer esse negócio de literatura, esse palavreado infindável, cansativo e sem sentido que lhe infundia no peito tanto mais sofrimentos que, no fundo, nem possuía. Seu sofrimento tinha um quê de europeu. O céu nublado que encarava bem poderia ser francês ou inglês ou russo. A alma atormentada também. Deveria parar de se refugiar nesse universo simbólico criado por alguns lunáticos, em sua maioria, mortos. Caminhou decidido até o banheiro para tomar banho. Mas o sofrimento tem alguma coisa de universal. E a literatura tem alguma coisa de real. O céu nublado certamente era brasileiro, o dia era úmido e abafado. Ligou o chuveiro, esperou enquanto a água esquentava, despiu-se da samba-canção que vestia e entrou no box. A água morna escorreu pela cabeça e pelas costas, enfim por todo o corpo, causando-lhe uma sensação de acolhimento não tão distante assim daquela evocada pelos sonhos. Sentiu que poderia passar o resto dos dias ali, confortado pelo deslizar constante do líquido morno sobre o corpo nu. Sobreviveria, afinal de contas, como sempre sobrevivera. O sofrimento também tem alguma coisa de brasileiro. O "naaaada" foi o próprio céu nublado que lhe sussurrou, céu irrevogavelmente brasileiro porque o dia estava quente e úmido. Esperançoso, vislumbrou no espírito o desejo de um céu azul. Quem sabe mais tarde não teria tal desejo satisfeito? Uma estranha alegria acendeu-se em seu peito, tímida, quase rastejante, tão somente para o pesar outra vez se abater sobre sua cabeça com o peso insuportável da lembrança de que afinal se tratava apenas de uma segunda-feira. Outra segunda-feira. Derramou uma quantidade generosa de shampoo na densa cabeleira. Embora o dia fosse úmido e embora estivesse no banho, sentiu a alma seca, quase trincando de tão árida. O som do chuveiro elétrico o incomodava, a água atrapalhando a vista, entrando na boca, escorrendo pelo nariz, a espuma do shampoo fazendo arder os olhos. Sentiu-se seco, vazio, nada, ninguém, mas sublime de tão abalado. Morreria, se pudesse. Não podia. Se mataria um dia desses. Afinal, de que valeriam os anos por vir? Envelheceria, como todos os outros, sentiria-se sozinho. Passaria dias e noites a sonhar com a juventude perdida, com o tempo perdido, com os beijos não beijados, com os verões já refrescados, com essas merdas que ocupam a cabeça dos velhos arrependidos por pensarem não ter vivido. Reclamaria de dores nas costas, nos joelhos, nos dedos, no pescoço, nos pés, na cabeça, nos braços, no peito... Reclamaria do amanhecer ao anoitecer, do novo e do velho, do preto e do branco, do doce e do amargo, do bom e do ruim, da verdade e da mentira, do governo e do desgoverno, da vida e da... reclamaria da morte? Sentiu germinar dentro de si um prazer que sempre fazia questão de afugentar, de escorraçar e ignorar quando possível, um prazer secreto, inconfesso e inconfessável, que o acompanhava toda vez que se punha a desprezar a si próprio. Sentia-se desligado de tudo quando se punha a ver a vida com os olhos do menosprezo, livre de todos, pronto para tornar ao nada de onde veio. Sabia que estava certo, que era assim, que tudo o que era não passava de matéria para sonhos, que a vida pequenina é sempre cercada pelo sono. Adorava não ser nada. Adorava ainda mais apontar o dedo para si mesmo e dizer: "Você não é e nunca será nada!" Balançou a cabeça debaixo d'água, na tentativa de afugentar tais desraciocínios. Declamou em voz alta: "*Sol brasileiro, queima-me os destroços!*" Pensou um pouco mais. Não se mataria jamais, haveria sempre um sol brasileiro por trás das nuvens pronto para lhe seduzir os sentidos e dissuadi-lo de tal bobagem. Pensava que se matar era mesmo tolice, que existia alguma coisa de patético no suicídio, de quase vulgar. Ou bem poderia ser ele mesmo um tolo, carregando nas costas do tempo sua vidinha patética, incapaz de pôr fim a ela somente porque um maldito sol torrava seu corpo gordo vez ou outra. Disse outra vez em voz alta: "*Quem te teme, ou te estima, ó morte, olvida!*" Um solzinho seria mesmo uma benção. Ensaboou o corpo inteiro, livrando-se do sono escondido nas dobras da barriga. O tempo passava, ele enrolava, a água correndo pelos membros e depois pelo chão até o ralinho. Aos poucos, por conta da demora e da deliciosa sensação de se banhar, sentiu a imaginação fermentar, como se estivesse quase adormecendo, como se tivesse febre e delirasse, como se fosse louco, como se fosse feliz, como se fosse artista, como se fosse livre, até finalmente tecer diante de si a última alucinação, um quadro sempre revivido e digno de ser posto em palavras, algo como um sonho que não fazia o menor sentido, mas que sempre ocupava a sua desrazão. Se pegasse um dia para escrever sobre tal experiência, nunca experimentada, a coisa seria mais ou menos assim: "O sol derramava sobre os rostos jovens, através do para-brisa do carro, uma vivíssima luz alaranjada, quase vermelha, doando-lhes às peles morenas uma tonalidade dourada que parecia não se decidir entre o carnal e o divino, o desejo e a santidade, Dionísio e Apolo, loucura e lucidez, humano e animal. O veículo deslizava silencioso pelo asfalto, serpenteando pela estrada cheia de curvas suaves e que traçava sua rota por entre os infinitos morros de Minas Gerais. Nenhum outro carro parecia circular junto com eles àquela hora de lusco-fusco, o caminho estava calmo e vazio como num sonho. De quando em quando, encaravam-se, sorridentes, os corações fervendo de paixão. Do lugar da estrada de onde estavam, era possível ver se estender até muito longe a deslumbrante geografia do interior mineiro. O céu crepuscular espelhava o interior da alma de cada um, o mar de morros se entregava às sensibilidades afloradas e a paisagem fornecia uma visão que beirava o êxtase místico. Era possível vislumbrar algumas habitações entre as redondas e pequenas elevações e os numerosos vales. Duas colunas oblíquas de fumaça escura, uma ao norte e outra ao sul, erguiam-se sobre manchas de vegetação. Os pastos e plantações cobriam a maior parte do espaço, um curso d'água serpenteava tímido ao longe, quase invisível ao refletir as cores do ocaso. O sol começava a tocar a linha do horizonte bem diante deles. No rádio, tocava a música que sempre embalara o amor dos dois numa dança frenética de variadas cores e sabores. *"Você me faz correr demais os riscos dessa highway."* Cantava enquanto enxaguava o condicionador do cabelo. *"Infinita highway!"* O coração, estimulado pela canção e pela história-sonho que cogitava escrever, mas que sabia que jamais escreveria, batia forte. Certamente era domingo naquele lugar, dentro daquele carro, debaixo daquele céu, com aquela garota. Ou, ainda, não era dia algum da semana, tudo lá acontecendo fora do tempo. Lembrou-se, com grande pesar, da segunda-feira nublada para além das paredes do pequeno apartamento. *"Atrás de palavras escondidas nas entrelinhas do horizonte dessa highway!"* Deveria esquecer esse negócio de literatura e livros e palavras. Mas quem sabe um solzinho não viesse a dar as caras no final da tarde... Desligou o chuveiro, só então reparou que esquecera de pegar a toalha. Merda. Porra. Caralho. *"Infinita highway!"* Abriu o box, respirou fundo e correu até o quarto, não sem inundar todo o caminho por onde passou. Teria de enxugar tudo depois. Enxugaria quando voltasse, ou deixaria que a água evaporasse por si própria. Sabia bem que as vantagens de morar sozinho superavam em muito as dificuldades e a sensação inconstante, mas quase todos os dias presente, de solidão. Pegou a toalha no armário e se secou o mais rápido que pôde. Estava sendo uma manhã um tanto desastrada e molhada. Sua mãe vivia pedindo para que aterrissasse quando moravam debaixo do mesmo teto. Morar sozinho é mesmo uma dádiva. Voltou ao banheiro, levantou a tampa da privada e mijou. Se daria descarga ou não, eis a questão. Não deu. Pegou no chão a cueca que usara para dormir, não teria tempo de lavar roupas durante a semana, atolado de trabalhos da faculdade como estava, toda economia seria bem-vinda. Vestiu-a, jogou a toalha por cima da porta do banheiro e dirigiu-se com pressa desnecessária para a cozinha. Quase dobrando a esquina do corredor, prestes a entrar na cozinha, ao lado do quarto, escorregou numa poça que deixara para trás minutos antes. O pé da frente adiantou-se, o outro escorregou para trás, caiu no chão de pernas abertas. Por que sempre tropeçava no passado, na própria sombra?, perguntou-se. Ficou no chão por alguns segundos até decidir levantar, dolorido, as costas estalando. Sentiu-se um velho de oitenta anos e uma criança de quatro, ao mesmo tempo, mas não sabia bem o porquê, ou fingia não saber. Qualquer escorregão é válido numa vida em que nada acontece. Riu-se desse pensamento. Recuperado, tornou à cozinha. Pegou o pote de requeijão e o pão integral na geladeira, deixou ambos sobre a pia e foi para o quarto. Vestiu o jeans amassado que estava jogado sobre a cadeira no canto. Voltou para a cozinha, atento às armadilhas do caminho. Recheou duas fatias de pão e colocou-as no micro-ondas. Será que alguém mais fazia aquilo? Cada qual com seus próprios hábitos. Sua vida era uma merda, ninguém poderia culpá-lo por nada, nem por hábitos estranhos, nem pelo escorregão. Sentia-se feliz por ter de ir para o trabalho só às dez da manhã, normalmente tinha de estar lá às oito, além do que, não teria aula à noite, poderia ir para o bar com os amigos ou sozinho, pequenas felicidades de homem acorrentado. Poderia também chamar alguma garota, havia uma caixa nova no supermercado em que trabalhava que talvez aceitasse o convite, iriam para a casa dele depois. O problema era que nunca haviam se beijado, conversavam, certamente, mas não sabia bem se a garota tinha nele algum interesse desse tipo. Chamava Fernanda, era uma ruiva branquinha, alta, de olhar cansado como o dele, com olheiras a descerem com charme dos olhinhos pequenos e atentos, as bochechas firmes e vermelhas, os lábios vermelhos e carnudos, perfeitos como só se vê em atrizes do cinema, cheiro de canela e cigarro, atraente, afinal de contas. Adorava um ar de cansaço nas meninas com quem saía, como se partilhasse com elas o segredo de uma vida exaustiva, segredo que nem era tão bem guardado assim. Mas tinha pouca paciência para a coisa, para o cortejo, para a dança do acasalamento, feita com palavras, que precede obrigatoriamente qualquer relacionamento. Toda essa movimentação regida por regras que forçam uma dança lenta e cerimoniosa, uma manipulação complicada de paredes sociais, existenciais, corporais, individuais, psicológicas e, sobretudo, íntimas, causava-lhe extremo enfado, não tinha saco para o pequeno jogo insuportável de falsidades que tudo isso quase sempre envolve. Assim, por essas e outras, estava frequentemente sozinho. Paciência. Precisava copular, macho sedento que era. Seria ao menos um pouco de emoção para preencher o vazio de um dia qualquer, de uma vida sem brilho, de um coração abandonado e sem esperanças, de um homem sem qualidades excepcionais, idêntico aos outros. O micro-ondas apitou, acordando-o de seus pensamentos. Ligou o rádio na tomada, antes de pegar os pães, para expulsar o incômodo causado pelo silêncio. Gostava da voz familiar evocada por cada música infinitamente repetida. "Éfi êêême itaaatiiiaiaaaaa." Lembrou-se da hora do almoço na casa da mãe, da comida que tinha sempre o mesmo gosto, do arroz com feijão de todos os dias. Considerava Itatiaia rádio de velho quando pequeno, no entanto, com o correr dos anos, passou a ser sua preferida, ou, pelo menos, a menos odiada. Juntou as fatias e deu uma tímida mordida, poderiam estar quentes demais. Não estavam. Não faria café, requentaria o de domingo. Serviu-se dos últimos goles que restavam na garrafa térmica que roubara da casa da avó. A grande caneca azul em que se serviu fora roubada do pai. Talvez roubar um banco não fosse má ideia, o problema era ser preso... Viver como um preso fingindo não ser é uma coisa, saber-se de fato preso é outra completamente diferente. Colocou a caneca cinquenta segundos no micro-ondas, mais do que o suficiente para esquentar o pouco café. Poderia escrever um livro, assim não correria o risco de ser preso... ou talvez corresse... Mas sentia-se um péssimo escritor, nem sua mãe parecia gostar de verdade de seus poemas. Não só se sentia como se sabia um péssimo escritor, há muito as dúvidas em torno de tal questão já se haviam dissipado. Ser um mau artista é uma coisa, saber sê-lo é outra, um tanto quanto pior, aliás. Lamentou não ter nascido genial. Aprendera a escrever depois de todas as outras crianças da escolinha, pobre-diabinho retardado que era. Eram tantas letras, tantos sons para guardar, regrinhas e a porra toda. Nascera para ser triste sozinho, e não para comunicar sua tristeza. Sentiu inveja dos grandes artistas, não aguentava mais lhes devorar as palavras, remastigar-lhes as dúvidas e reviver-lhes as angústias. Alguns nascem para produzir e outros para engolir. Jamais escreveria um bom livro, seria para sempre um nada diante da cultura, incapaz de tocar com os próprios dedos a imortalidade oferecida pelo reino dos símbolos, desapareceria na estrumeira da história sem deixar rastro como tantos e tantos e tantos outros, tão incapazes quanto ele. Claro, alguns poemas saíam agradáveis, encantavam até, mas não eram o suficiente, é preciso sempre mais, os grandes também têm quantidade. Quando ficasse velho, quando morasse no campo, aí teria alguma chance, ou pelo menos desistiria de tudo ao descobrir no mundo natural a extrema satisfação que o mundo cultural sempre lhe negou. Tirou o café após o aparelho de micro-ondas apitar, deu um gole tímido, pois o líquido poderia estar quente. Estava. Lambeu os lábios com gosto. Café extremamente doce, bem como gostava. Alguma coisa se incendiou em seu coração, um gosto antigo correu cheio de intensidade a memória, um rio de café banhou seus neurônios, fazendo saltar dos quartos mais distantes do castelo das lembranças as reminiscências mais infantis e puras, até desaguar na casa da avó. Bastava sentir o cheirinho de café para acabar na casinha simpática que formara o cenário de seus dias mais felizes. Ah! Os dias da infância! Cheios de cores, sons, sabores, cada segundo da existência revelando uma novidade e os próximos lhe prometendo novos segredos, tudo sem medo, sem hesitação, sem cuidados para fazer sentir a ilusão de segurança. Corre-corre pela casa, o cheiro de fumaça do fogão a lenha, o vasto quintal cheio de árvores, goiaba, carambola, pitanga, acerola, mexerica, jabuticaba, lichia, graviola, romã, laranja... Tinha até uma árvore de caju que dava uns frutos mirradinhos e ácidos que ninguém aguentava comer... As mamangabas voando por entre as belas flores de maracujá, as abelhas visitando cada canto do pomar, os beija-flores fazendo a festa com os recipientes de água com açúcar especialmente pendurados para eles nas árvores mais baixas, a passarinhada cantando sem parar das cinco da manhã até as seis da tarde, as cigarras chamando chuva no finalzinho do dia, os cães e gatos da casa se deitando em paz nas sombras à hora da sesta. Mas ele gostava mesmo era de ficar sentado ao pé da goiabeira dos fundos, longe da vista dos pais e parentes, solitário consigo mesmo, a mastigar os infinitos pensamentos. Lembrou-se do primeiro beijo, ali mesmo, sob o pé carregado de flores brancas de goiaba. Como era mesmo o nome dela? Deu uma grande mordida no pão que já esfriava e estranhamente começava a endurecer. Amanda! Mandinha! Os dois com seus treze anos na época. Pobre coitada, mal sabia ela que morreria alguns anos depois daquele beijo. Um acidente de carro besta, dentro da cidade, a menina sem cinto. "Morreu na hora", contou sua mãe, sem rodeios, sem saber que aquela que partira com a cabeça o vidro do para-brisa e ficara jogada inerte no asfalto fora a primeira e talvez última grande paixão de seu filho. E foi chorar abafado com o rosto esmagado no travesseiro, o primeiro contato com aquela que depois estaria sempre bafejando sua nuca, colada ao seu calcanhar, sussurrando em seu ouvido. Por que pensava tanto na morte? Só vinte e cinco anos... Talvez fosse culpa da Mandinha, já que, desde então, desde o acidente, passou a pensar em si mesmo sendo atropelado ao sair na rua, morrendo na hora, na horinha mesmo, sem tempo para perceber, para compreender que algo o atingira, para compreender porque não lembrava de mais nada, nem de si próprio, porque se misturava com o mundo e com as coisas de maneira tão insensível. Talvez fosse culpa da literatura, ele pensar tanto nisso. A literatura é que era culpada de tudo. Pensava assim, mas sabia estar sendo injusto, ele que fingia não ouvir o apelo de vida que o alcançava partindo das páginas amareladas e com cheiro de coisa velha. Não, continuava sendo injusto consigo mesmo. Ouvia, sim, o ruim era mesmo o muro entre o real e o possível. Queria saltar, queria ser outro sendo ele mesmo, mas acordava todas as manhãs na mesma cama e usava sempre as mesmas roupas e vestia sempre as mesmas palavras e dizia sempre as mesmas mesmices, por isso se sentia tão angustiado... Queria romper o limite, pôr abaixo o maldito muro, fazer das possibilidades de si mesmo... si mesmo! O que, aliás, considerava uma grande besteira porque, afinal, se é sempre si mesmo... Deu o último gole na caneca, tinha ainda na cabeça a casa da vó, o beijo debaixo das flores de goiaba, a angústia inexplicável e sem lugar de todos os dias, tudo misturado com o gosto doce do café preto e forte. Uma última mordida no pedaço de pão que restou, já quase sem requeijão. Pensou em plantar uma goiabeira num vaso grande e colocar no quarto. As árvores é que são os verdadeiros habitantes de um país, os verdadeiros representantes de qualquer nação. Podia bem imaginar uma reunião da ONU só com árvores discutindo entre si. Jesus bem poderia ser brasileiro se escalasse uma goiabeira ou se se sentasse ao pé de um cajueiro. Levantou-se do banquinho em que se sentara na cozinha e voltou ao quarto, deixando para trás as louças sujas da refeição matinal, convencido de que mais tarde, outro dia, teria saco para lavá-las. Sentou-se na cama e encostou-se na parede. Faltavam ainda algumas horas para o trabalho. O que faria? Inclinou-se de lado para coçar a bunda que pinicava, teve de bater para fora da roupa de cama alguns incômodos pedacinhos de biscoito que insistiam em habitar ali desde a outra semana. Entre dormir e ler, preferiu nenhuma das duas opções. Permaneceu sentado, aborrecido por ter esquecido de ir escovar os dentes e com preguiça demais para ir até o banheiro escová-los. Entre o possível e o real, a muralha da preguiça. Fitou o seu arqui-inimigo, o maldito céu nublado de segunda-feira, espelho de sua maldita vidinha de todos os dias. Pensamentos desfilavam entre ele e o "nada" que forçava entrada pelo lado de fora. Poderia pensar por horas e horas. Pensava o dia todo. Poderia pensar que pensava por horas e horas. E então pensava que pensava, e achava engraçado, pensando sobre o fato de pensar que pensava. Será, Senhor, que mais alguém nesse mundo pensa que pensa? A maioria não gosta de pensar que pensa. E os idiotas que pensam que pensam pensam pensar melhor do que os que não o fazem. E o mundo continua girando e as coisas continuam na mesma com toda essa gente pensando e achando ter alguma coisa a mais por dentro só por pensar. Tem gente que se mata de tanto pensar que pensa, pensou. O que aumenta o conhecimento aumenta a tristeza. Mas havia sempre um prazer escondido, uma faísca de gozo, no seu pensar. Os pensamentos correndo, sucedendo-

-se uns aos outros, imagens, sons, palavras, tudo se atropelando e formando um rio de líquido espesso que corre pelos espaços imaginários do imaginário. E as infinitas palavras, pensava uma palavra e logo corria atrás de outras palavras para explicar a palavra precedente... Todos os homens não passam de dicionários vivos. Sempre ele correndo atrás de palavras escondidas nas entrelinhas do horizonte dessa highway e nunca encontrando nada de satisfatório, quando muito tão somente palavras que lhe diziam não haver mais palavras do lado de cá ou do lado de lá. Imaginava, em vão, que elas poderiam estar lá, no meio das nuvens avermelhadas de um pôr do sol sanguíneo, belas letras de impecável caligrafia formando inefáveis frases flutuantes, dando-lhe a conhecer o sentido de tudo, a chave do cadeado que tranca a caixa que encerra a Verdade, uma Verdade com "vê" maiúsculo, sempre distante, sempre um passo adiante, sempre se prometendo para depois quando todos, especialmente ele, reclamam-na aqui e agora. Inefáveis frases flutuantes... Inefáveis porque certamente não poderiam ser ditas, não poderiam ser ouvidas ou sequer lidas. Porque não existiam... Não se enganava. Sabia que, quando as encontrasse, as frases, elas não seriam feitas de palavras. Sabia bem que a única Verdade com "vê" maiúsculo que poderia haver era aquela que o pensamento do pensamento sempre lhe revelava ao pôr no termo de todos os raciocínios a morte e o esquecimento. Não há Verdade, somos todos náufragos, estamos à deriva e nosso fim certo e irrevogável é o afogamento, sem tábua ou navio que chegue para nos salvar. Isentos de culpa e de pecado, pelo menos. O céu cinzento pulsava na sua falta de cores, a vista fixa num ponto do nada. "Naaaadaaaaa..." Nenhuma mão para socorrer, sua verdade era o abismo, o céu cinzento, o tédio, o oceano em que se afogaria. Fechou os olhos. Pensar pensamentos era sempre agradável. Esticou o braço para apanhar o livro no criado-mudo, as páginas um pouquinho molhadas por fora. Leu em voz baixinha, sussurrando como se houvesse alguém ali que não queria ser acordado: "*Os demônios*, Fiódor Dostoiévski." Tinha que parar de fazer isso consigo mesmo, acabaria se matando. Para ele, existiam duas fases na vida de uma pessoa: antes de ler Dostoiévski e depois de ler Dostoiévski, algo como a infância inocente e a maturidade atormentada. Mas triste mesmo era saber que alguns, quase todos, jamais provariam do gostinho meio amargo e meio adocicado que impregnava as páginas dos livros do autor russo. O dele era um bonito, de capa dura vermelho-escuro, cor de sangue, emborrachada, decorada com linhas douradas que se cruzavam e formavam losangos, o título e o nome do autor grafados com letras grandes e prateadas. Dostoiévski era uma ferida aberta em seu peito que nunca pararia de sangrar, o fundador do altar da dúvida e da descrença que carregava consigo para cima e para baixo. Mas o fundador também do culto quase religioso que prestava aos livros e aos autores. Respirou fundo, voltou com o livro para o lugar de onde o pegara. Esbarrou a vista de propósito na pilha de livros que se amontoavam num espaço entre a parede e o armário. Talvez se tornasse alguém diferente depois de todos esses livros que ainda não foram lidos, assim como se tornara o que era depois de todos os outros já lidos. Mas sabia bem que nada mudaria, que não estaria nem um centímetro mais próximo da Verdade que fingia não saber que não existia. Nem um passo a mais, nem um ano mais experiente, nem um quilo mais pesado. Escorregou pela parede até se deitar. Esperaria o alarme despertar e então escovaria os dentes e sairia com calma de casa, a pé, de qualquer maneira ainda chegando adiantado ao trabalho. O celular vibrou ao lado do livro, era uma ligação, ele não atendeu. As pálpebras foram pesando enquanto ele pensava que pensava. Olhou para o céu vazio como se imitasse o último esforço de um moribundo para entrever a vida que lhe escapava pelos dedos. Sol, sol, um solzinho quente... "*Você me faz correr atrás...*"... Os rostos jovens ao sol, os dois que se amavam... O rádio falando sozinho na cozinha... Os dentes por escovar... Merda... "Na hora", disse sua mãe... Um beijo bem beijado com sabor de frutas tropicais e leite morno debaixo da goiabeira... "Morreu na hora", insistiu sua mãe... O café quentinho... As árvores também morrem... "Naaaaadaaaa", sussurrou-lhe docemente o céu... Palavras e palavras e mais palavras... Livrinhos bonitos... Aquiles e Pátroclo se beijando... lá na Grécia... Os olhos cansados da Fernanda... O mundo cansado... Tudo, tudo, tudo... "Naaaaaaadaaaaaaaa..." Piscou uma, duas, três vezes e adormeceu.

[Notas]

A dor

p. 40. "Hoje, mamãe morreu. Ou talvez ontem, não sei bem." Albert Camus. *O estrangeiro*. Tradução de Valerie Rumjanek. Rio de Janeiro: Editora Record, 2019.

p. 43. "Somos feitos da matéria dos sonhos; nossa vida pequenina é cercada pelo sono." William Shakespeare. *A tempestade*. Tradução de Beatriz Viégas-Faria. Porto Alegre: L&PM, 2002.

p. 48. "Imortais mortais, mortais imortais, vivendo a morte daqueles, morrendo a vida daqueles." Heráclito de Éfeso. Fragmentos. In: *Os Pré-socráticos*. Coleção "Os pensadores". São Paulo: Nova Cultural, 1996.

p. 52. "Um dia, nascemos, um dia, morremos, no mesmo dia, no mesmo instante, não basta para vocês? Dão a luz do útero para o túmulo, o dia brilha por um instante, volta a escurecer." Samuel Beckett. *Esperando Godot*. Tradução de Fábio de Souza Andrade. São Paulo: Cosac Naify, 2015.

p. 54. "O homem não tem feito outra coisa senão inventar um Deus para viver sem se matar." Fiódor Dostoiévski. *Os demônios*. São Paulo: Editora 34, 2004.

p. 56. "A vida é apenas uma sombra ambulante, um pobre cômico que se empavona e agita por uma hora no palco, sem que seja, após, ouvido." William Shakespeare. *Shakespeare de A a Z*. Porto Alegre: L&PM Editores, 1998.

p. 57. "Ser ou não ser — eis a questão. Será mais nobre sofrer na alma pedradas e flechadas do destino feroz ou pegar em armas contra o mar de angústias — e, combatendo-o, dar-lhe fim? Morrer; dormir; Só isso. E com o sono extinguir as dores do coração e as mil mazelas naturais a que a carne é sujeita; eis uma consumação ardentemente desejável. Morrer — dormir — Dormir! Talvez sonhar." William Shakespeare. *Hamlet*. Tradução de Millôr Fernandes. Porto Alegre: L&PM, 1997.

p. 58. "Dorme, criança, dorme, dorme que eu velarei. A vida é vaga e informe, o que não há é rei. Dorme, criança, dorme, que também dormirei. Bem sei que há grandes sombras sobre áleas de esquecer, que há passos sobre alfombras de quem não quer viver, mas deixa tudo às sombras, vive de não querer." Fernando Pessoa. *Poesias inéditas (1930-1935)*. Lisboa: Ática, 1955.

Uma cinzenta manhã na vida sem graça de um jovem comum

p. 127. "Sol brasileiro, queima-me os destroços!" Augusto dos Anjos. *Eu e outras poesias*. Porto Alegre: L&PM Editores, 1998.

p. 127. "Quem te teme, ou te estima, ó morte, olvida!" Gregório de Matos. *Antologia*. Porto Alegre: L&PM Editores, 1999.

Este livro foi composto na tipografia Minion
Pro, em corpo 12/17, e impresso em
papel off-white no Sistema Cameron da
Divisão Gráfica da Distribuidora Record.